河出文庫

5分後に慄き極まるラスト

エブリスタ 編

河出書房新社

5分後に慄き極まるラスト

【目次】

CONTENTS

フォルダ

Uranus

週末、彼の両親に結婚の報告に行くことが決まった。

出逢《であ》って三年、付き合って二年、同棲《どうせい》を始めて一年。

彼はキツいと言われる私とは正反対の穏やかな性格。彼がいなくなれば私は私でいられなくなるのではないかと思う。

それくらい彼は私の人生に影響を与えた。

彼がいれば腹を立てることも少なくなり、古くからの友人たちは口を揃《そろ》えて『由香《ゆか》は穏やかになった。谷《たに》君のおかげだね』と言う。

もちろん自覚はあるし、よい変化なのだと思う。

そんな彼にプロポーズをされた。

私は二つ返事でOKした。

彼は緊張から解放されると私を抱き寄せ、しばらく肩に顔を埋《うず》めた。

肩に彼を感じながら嬉《うれ》しさを噛《か》み締め、新婚生活や将来の家族計画へ想像を膨らませた。

彼は普段とても慎重で急《せ》いて事を起こすことは少ない。しかし、いつもと違い結婚の報告だけはあっという間に予定を決めてしまう。

先に私の家族へ挨拶にきた。

両親は何の問題もなく、とても喜んでくれた。同席した弟は彼に何度も『姉ちゃんでいいの？』と確認して彼を苦笑いさせた。

そんな感じで私側は問題なく終わった。

そして彼の両親を訪ねる。彼は一人っ子のため、ご両親とおばあ様が同席してくれる予定になった。

*

玄関のドアを閉め、一歩踏み出して大きく息を吐いた。

緊張して、作ってくれた食事の味をほとんど覚えていない。

彼のご両親もおばあ様も彼と同じでとても穏やかで優しかった。彼の性格はあの家族とともに形成されたのだ。

「由香、疲れたよね。今日はもう帰ってゆっくりしよう」

私の後ろから出てきた彼が背中に手を添える。彼の手のひらから体温を感じながら車へ向かう。

車内で彼は今後について雄弁に語る。

自分の理想と私の望みを突き合わせ話を先へ進めていく。

私もそんな彼を微笑《ほほえ》ましく嬉しく思った。

この人となら幸せな生活が続きそうだ。

出逢えてよかった。

彼が私を選んでくれてよかった。運転する姿を見ながら将来を想《おも》う。

信号で停《と》まるとこちらを向いて、

「由香、ありがとう。僕を選んでくれて」

まるで反対なのに私が想っていることを彼が先に言ってしまう。

「私のほうこそありがとう。もっと幸せになろうね」

プロポーズされたときよりも急に実感が湧いて突然涙が溢《あふ》れ出す。

「泣かないでよ」

「だって、嬉しくて」

こんな会話も幸せで仕方ない。


自分たちの家についても涙が止まらず、先に部屋に戻ってもらうことにした。

少しだけ一人で幸せに浸りたかったのかもしれない。

ポーチから手鏡を出しハンカチで涙を拭くと崩れた化粧を指でぬぐう。

いくら毎日すっぴんを見せていても、泣いて崩れた顔のままで顔を合わすのはまだ抵抗がある。

落ちてしまった下まぶたのマスカラを取ると車から降りる。運転席に回りエンジンを切ろうとして、足元に落ちているものに気がついた。

SDカード?

アダプタにmicroSDが入っている。彼が落としたものだろう。

手に取って戻ろうとして急に好奇心が湧いた。

中身は何だろう。

彼は携帯電話で写真を撮ることはあまりしない人だ。何が保存されているのか気になる。

そのまま運転席に乗り込んだ。

自分のスマートフォンにmicroSDを入れて中身を確認する。

たくさんのフォルダはどれも仕事のものだろうか。ナンバリングされていて名前の付け方に彼の几帳面《きちょうめん》な性格がうかがえる。

画面をスクロールしながら見るのをやめようとして、一つのフォルダに目が留まる。

『由香』

私の名前が付けられている。

明らかに他とは違う。

彼が私の名で何を保存しているのか見てみたい衝動に駆られた。

見てはいけないと思うのに指を止めることができなかった。

フォルダの中にサブフォルダがあって、『優』『秀』『良』『可』『不可』がある。

もうここまで開いてしまうと後戻りできなくなった。

最初に『優』を開いた。

料理

味付け、彩り、バランス文句なし

洗濯

色柄分別、漂白、頻度は毎日

料理、洗濯の文字は色がついており、目に飛び込んでくる。

恐る恐る順に開く。

『可』まで開いたときには、緊張か興奮か分からないドキドキで口はカラカラに乾いていた。

彼が私を評価した成績表のようなもので、家事や言動、たくさんのことが綺麗《きれい》に評価ごとにフォルダに分かれていた。

それは誰かに見せるようなものでないと思う。そう信じたい。

私の体のことや交わりのことまで評価されていた。

残る『不可』のフォルダが怖くて開けない。私の評価は大半『秀』『可』に分類され、何が残っているのか考えるのが怖い。

唇が乾いて何度も舌で潤した。

そのときスマホが鳴って急に現実に戻された。

ただのメールマガジンなのだが、彼が先に戻ってから時間がかなり経《た》っていることに気がついた。

見るなら今しかない。でも、彼が私を見にきてもおかしくない。

意を決してフォルダをタップした。

この中身だけは他と違い、箇条書きではなく長い文章が並んでいる。

心臓が破裂しそうに鼓動する。スマホを握った左手の手首に浮かぶ血管が脈打つのが、はっきり分かるほど激しく鼓動している。


出逢いから付き合うまでに一年も要してしまったこと。私の性格が付き合うに値するまでなかなか改善しなかったこと。

付き合ってから同棲するまで家事能力を高めるようにそれとなく仕向けたこと。それにも一年かかったこと。

結婚を決意するまでさらに一年要し、ようやくそこまでのレベルに達したことが事細かに記されていた。

不可の理由として私を自分好みに変わらせることに三年もかけてしまったことがつらつらと綴《つづ》られていた。

ついさっきまであんなに幸せに感じていた結婚や将来の暮らしがガラガラと崩れ落ちる。

彼は私の何がよかったのだろう。自分の好みになる女なら誰でもよかったのではないか？

結婚は自分の理想に近づいたから決めたのだろうか？

もしかして同時進行で他の人も彼の好みに近づけようとしていたのではないのか？

いろんな思いが湧き上がり、グルグルと暗い穴に落ちていくような感覚がして吐き気が込み上げてくる。

このまま彼の待つ部屋へ戻って知らん顔することはできそうにない。

少し車を走らせ気を落ち着かせよう。

「っ」

顔を上げると、少し離れた場所に彼が立っていることに気づく。驚きのあまり悲鳴が出そうになってスマホを落としてしまった。

気づかれたのだろうか。とりあえずは知らないふりをしなければと激しく動揺する。心のうちを隠そうと無理やり笑顔を作った。

少し窓を開け、

「ごめんね。もう大丈夫だから先行ってて」

車を降りる素振りを見せ、彼を遠ざけようとする。

彼はゆっくりこちらへ近づいてくる。

もう彼の顔から目を離すことはできなくなって、手探りで落ちたスマホを捜す。あと数歩で彼の伸ばした腕がドアに届きそうだ。

隠さなくては。

焦れば焦るほどスマホは手に触れず、一瞬だけうつむき手に取ったときには彼も運転席の真横にたどり着いていた。

ガチャリとドアが開けられる。

観念して背中側にすばやくスマホを隠した。

「心配になったから迎えにきたよ」

いつもの優しい笑顔の彼。気づかれていないことにホッとする。

「ごめんなさい。ちょっと一人で幸せを味わっていたの」

最初はそのつもりでいたけれど、今はどうやって彼をやり過ごそうか、そればかりに気を取られる。

「僕の落とし物拾った？」

笑顔のまま彼が私に問いかける。

「落とし物って？」

「microSDがあったよね？」

笑顔はそのままなのに、彼は知らない人に見える。

怖い。

この人の本質が分からなくなった。

知らないとしらを切った。

彼は案外あっさりと諦め、私の背中に手を回し普段と変わらない様子で部屋へ戻る。

私は自分のスマホから早くmicroSDを取り出すことばかり考えていた。

部屋に戻り、いつもと変わらぬように振る舞う。彼の視界に入らないようにそっとスカートの裾から下着にスマホを忍ばせた。

ワンピースを着たことを後悔した。挨拶に行くからと小綺麗に身なりを整えたばかりにポケットがない。

そのままお茶を淹《い》れてソファに腰を下ろしたときに彼がおもむろに切り出した。

「やっぱり忘れ物捜してくるよ」

言うが早いかキーを取り玄関へ向かう。

今しかチャンスがない。

玄関のドアが閉まるとすぐに下着からスマホを取り出し、microSDを抜いた。

抜いてそれをどうするか考えつかなかった。

とりあえずカバンにしまおうとしたときにドアが開いた。

「やっぱり由香が持ってたんだね。中身も見たよね」

金縛りにあったように体が動かなかった。

彼は私が持っていると最初から疑っていたのだ。

いつもの穏やかな口調で表情も柔らかいままなのだけれど、それが余計に怖い。

「ごめんなさい」

なんと言うのが正解なのか判断できない。

「うーん。今のは不可かな。

せっかくここまで三年も掛けたのに。

最後の最後でやっぱり不可かな」

彼の言う不可とは何を指すのだろう。

「……不可……」

「僕もそろそろ適齢期だし、三年経ってやっと大丈夫だと思ったんだけど。

由香は不可だよ」

ゆっくりとこちらへ近づいてくる彼がもう別人にしか見えなくて、ガタガタ体が震え始める。

「いや。来ないで」

「アハハ。

由香はもう不可だから用はないよ」

高らかに笑ったと思うと真顔になって、

「俺の三年を無駄にしやがって」

低い声で吐き捨てるように言った。

「また最初からやり直さないといけないのか……。

由香は好みの顔だったから中身さえ変えれば大丈夫だと思ったのに。

だから三年も頑張った。それが全部無駄になった」

私を見ているのか、その後ろを見ているのか、座ったままの私を見下ろす彼の目は透明なガラスみたいで私の何を見ているのか分からない。

「結局みんな由香と同じなんだよ」

そう言うと彼は寝室へ行き、すぐに小さな箱を持って戻ってきた。

「これ全部そうだよ」

箱の中に十枚くらいmicroSDが入っている。

中身は聞かずとも想像がつく。私と同じように昔の彼女が評価されているのだ。

「……」

「女は僕と別れても別の男に簡単に乗り換える。

上書き保存だからな」

ソファの周りを歩きながら彼が話し始め、怖くて立つことも声を出すこともできない。

「由香もどうせ上書きできるだろう?

僕は……フォルダで保存するんだ。

完璧な女に巡り会うまでね。

由香……本当に残念だよ。君が秘密を覗《のぞ》くような女だったとはね。まったく見抜けなかったよ。これを見ないから安心していたんだよ。バカだった」

手の中の小さな箱を振るとmicroSDがカタカタ音を立てる。

彼が動くたび、体がびくりと震える。

「あ……」

私の手から床へmicroSDが落ちた。

彼はそれを拾い上げると箱の中へしまった。

何か言わなければと思うのに、唇は強張《こわば》り喉は詰まり何も声にならない。

「またフォルダを増やさなければいけなくなったな」

彼の言葉の意味が分かるようで分かりたくない。

彼の手の中でカタカタ音を立てるカードたち。

その一つひとつに同じようなデータが入っているのかと思うとぞっとする。

仕事のものだと思ったフォルダを開かなくてよかった。

「これはあくまでも携帯用だから。

もっと詳細なデータはパソコンの中だよ。

由香は気づいてしまったから記念に由香以外のデータも見せてあげようか？

どうせ由香の更新が必要だからね」

とっさに首を左右に振って拒否をする。

我が身に起きたこともまだ受け入れられていないのに無理だ。

「そんなデータの保存なんてやめてよっ」

「……なら仕方ない」

彼はニッコリ笑って私に手を伸ばした。

スローモーションに見えた動作でも、私は伸ばされた両手の意味を考える暇がなかった。

彼の手が私の首にかかる。

突然ギリギリ絞め上げ始める。

「っ」

彼の指が首に食い込み、息ができない。

ソファから落ち、暴れながら彼の手を振りほどこうとしても力が弱まらず、だんだん意識が薄れ始める。

視界が紅《あか》く染まる。

紅い視界に彼の顔が見えた。

歯を食い縛り、唇の片側だけを上げて笑っているような気がした。

それもすぐに分からなくなり抵抗する力が出なくなってきた。

頭や目玉がジンジンする。

意識を失う寸前。

一瞬、力が弱まり脳に血が巡る。肺にも酸素が吸い込まれゲホゲホむせる。

首には手がかかったままだ。振り払おうとするとまたギリギリ絞め上げられ今度は抵抗できなくなった。

薄れ始める全て。

かろうじて機能している聴覚に彼の声が届いた。

「保存されるのが嫌みたいだから、
由香ごと削除することにしたよ」

暇つぶし

モモユキ

暇だった。

今日はこれといった予定はなかった。

学校が休みの土曜日で、昼前に家を出た。

私は大学二年生で、都内の学校に通っている二十歳の男だ。

梅雨の晴れ間で、気温は三十度近くあるだろう。もうすぐ本格的な夏がやって来るんだな。そう思うとわくわくした。

急ぐこともなく歩いて最寄駅まで来た。

チェーン店のカフェに入ってコーヒーを注文する。ホットを頼んだ。アイスは汗をかくようになるまで我慢することにした。

席に着いて、ミルクも砂糖も入れずに飲む。

イヤホンをして携帯電話でだらだらと動画を眺める。

たいして面白く感じない。

外出先で動画を見てもあまり集中することができない。周りで人が動いているので意識がよそへ移りがちになる。人がたくさんいる場所は、私にとって動画を見る環境としてあまり適していなかった。

三十分ほどしてトイレに立った。

戻ってくると、レジに行ってサンドイッチを買った。昼食だった。

ちょうどそのサンドイッチを食べ終わったころに、テーブルの上に置いてある携帯電話が振動した。

メールの受信だった。

確認すると、送信者の名前は表示されていなかった。

知らないアドレスからのメールだった。アドレスはパソコンのものだ。

件名はない。

本文を見る。

『助けてください
私は監禁されています

私の名前は下平《しもひら》いずみです
自宅の住所は
東京都練馬区《ねりまく》春日町《かすがちょう》○○‐××○
自宅の電話番号は
0397××××
警察に電話するか
自宅にいる親に電話してください
そうでなければ
あなたが今すぐここに来てください
監禁されている場所は
東京都の
北区《きたく》田端《たばた》○‐××
家の中を移動させられたとき
窓の外に見えた電信柱にそう書いてありました
それ以上は分かりません
一軒家の二階の部屋にいます

部屋には窓がありません
警察か自宅に電話してください
親も友達も
他人のメールアドレスはおぼえていないので
適当にメールアドレスを打ちました
あなたが東京か
近くにいるなら
直接助けに来てください
SOSです』

新手のイタズラだろうか。当然、無視することにした。
十分も経《た》たないうちに携帯電話が再び振動した。
見ると、同じアドレスからだった。
本文を開く。

『助けてください

返事をください
これは本当です
本当に私は監禁されています
監禁しているのは男です
男は三十代だと思います
私の知らない人です
何日か前に
私はその男にさらわれました
今すぐ返事をください
そして
今すぐ助けてください』

一体これは、どういったタイプのイタズラなのだろう。

こんなメールが送られてきて、実際にこの送信者を助けにいく人間なんているのか。

百歩譲って、もしメールに記載されている住所に行ったとしたら、そこには何が待ち受けているのだろう。

怖いお兄さんだろうか。
暇な若者たちだろうか。
まさか、テレビのどっきり企画なんてことだったりして。
「そこまで言うなら、行ってやろうじゃん」
やっぱり行くことにした。
今日は暇だった。それが理由の全てだ。
大学二年生の二十歳にとって、暇であるということは敵だった。
しかしこれだけの情報でほいほいと乗り込んでいくほど間抜けではない。
返事を書く。

『メール読みました。
電話番号を教えてください。
そちらへ行くかどうかは、
あなたと話し合ってから決めたいと思います』

送信した。

すぐに返事が来た。

『この部屋に電話はありません
私の携帯は取り上げられています
私は監禁されているんです
男は外出しています
部屋のドアは開きません
パソコンがあるので起動させました
早く
助けてください
夕方になったら男が帰ってきてしまいます
ＳＯＳです』

うっかりしていたが、彼女は電話はできないのだった。そりゃそうだ。電話ができるのだったら、とっくに自分で警察にでも通報している。メールで、どこの誰だか分からない人間に助けを求めたりする必要もない。私は間抜けだった。

いったんメールを閉じると、大学の友達に電話をかけた。

「おう、どうしたんだ」

同じく二年生の河田《かわた》だ。

「今、何やってる？」

私は聞いた。

「え、部屋でテレビ見てたよ」

「暇ってことか？」

「まあね。明日出かける予定があるから、今日は家でのんびりしてる」

ＯＫのようだ。

「今から会えるか」

勢い込んで聞いた。

「今からか？　まあ、大丈夫だけど」

河田が答えた。

「今から会って、何すんだ？」

「いい暇つぶしがあるんだ。いや、実はな、今、変なメールが来て……」

私は事の成り行きを説明した。

「いいねえ。面白そうだねえ。俺も行くわ」

河田の高揚した声の調子。ノリ気だ。

「でもさあ……」

河田の口調が変わる。何かを疑っている声だ。

「何？」

「その女の人は、パソコンを使ってるんだよなあ」

河田が聞く。

「そうらしいよ。電話は男に奪われちゃったみたいだから」

「だったら、ツイッターでよくないか？」

「ツイッター……」

「ツイッターでログインして、知ってる人に助けを求めまくればいいじゃん」

河田が言った。

「ツイッター、やってないいんじゃない」

私が言う。

「あ、そうか。やってなきゃ、わからないか」

河田はあっさりと納得した。世の中、誰もがツイッターをやっているわけではない。

実は私もやっていない。

「どこに集合しようか。下平いずみのいる住所は田端だから、渋谷《しぶや》あたりで待ち合せるか」

私が言った。

「よし、お互い一時間以内に渋谷に着くだろう。着いたら連絡くれ」

河田が言って電話が切れた。

下平いずみにメールをする。

『今から行きます。
友達と二人で行くので、
しばらくの間、待っていてください』

速攻で返信が来る。

『ありがとう
助かります

でも
警察か自宅に
連絡してくれるほうがいいのですが
いずれにしても待ってます
できるだけ早く
お願いします』

私はコーヒーを一気に飲み干し、空のカップを持って立ち上がった。


渋谷駅に着いたのは、午後二時を回ったころだった。

河田は先に到着していた。

丸刈りの下の目が、細い弓月の形になって笑っている。

「ふざけたメールだよな！」

言葉と違って、嬉《うれ》しそうな声の調子で河田は言った。

「イタズラだろ。指定された住所に行ったら何が現れるんだろうな。何っていうか、誰だけど」

私が言った。

「まさか、警察に電話したりはしてないだろうなあ？」

河田が聞く。

「するわけないだろ。まず間違いなく、このメールはイタズラだ。そんなもんを信じて警察に電話なんかしたら、俺がイタズラをしてると疑われるだろ」

私は答えた。

「そうだな」

「メールには、下平いずみの自宅の電話番号が書いてあったから、さっき一応電話してみたんだ。全然関係ない人の番号だったら、間違えましたって言えばいいしな」

「どうだった？」

河田が聞く。

「誰も出なかった」

下平いずみの自宅へ電話をかけたのはカフェを出たあとだった。

「電話は繋《つな》がったんだな」

「うん。でも、いつまでも呼び出し音が鳴るだけで、不在なのか、結局誰も出なかった。どうせ嘘《うそ》の電話番号なんだろうけどね」

私たちはJR山手線外回りに乗った。
田端駅に着くと、下平いずみにメールを送った。
『田端駅に着きました。
今から、住所の場所へ行きます』
間髪容《い》れずに返事が来る。
『早く来てください
お願いします
あいつが帰ってきてしまいます
警察に電話をしてください
私の親に電話をしてください
とにかく
早く助けてください

お願いいたします』

田端駅を出ると、私と河田は携帯電話で検索しつつ、住所の場所へと歩いた。

『田端○‐××』

電信柱に付けられた緑のプレートに、住所が白抜きで書かれている。

「一応、ここだよなあ」

私はそう言って、周囲を見回した。

閑静な住宅街、といった場所だった。

「一軒家っていっても、そこらじゅう一軒家だらけだから、どこの家か分からないぜ」

河田が困った顔で言った。

下平いずみを連れ去った男がわからないので、どの家なのか判別できない。

「メールしてみるか」

そう言って、私はメールを書いた。

『今、住所の地点に来ています。

下平さんは、どこにいるのですか？

どのような外観の家ですか？

まだ無事でしょうか？』


送信する。

「ちょっとまじめ過ぎたかな。どうせ、イタズラなんだろうし」

私が言うと、

「まじめな文章でいいよ。もしかしたら本当なのかもしれないからな。相当確率は低いけど」

河田が言った。

十分以上かかって返事が来た。それまでよりも返信に時間がかかっていた。

『マジか！
引っかかっちゃったみたいだね
お兄ちゃんたち

今見えてるよ
二人してバカ面下げて
ほんとに来ちゃうもんかねえ？
下心丸出しじゃん！
女の誘いにホイホイ乗っちゃってさあ
誰がお前らみたいなクソと
仲よくなるってんだよ！
写真撮ってやったよ
ついでに動画もね
流出させちゃおうかなあ？
「スケベ男約二名！」
ってタイトルで
あー
いい暇つぶしになった
センキュー！
今日以降

エロサイトに注目してなさい
「スケベ男約二名!」
写真か動画で
流出させてやるから!』

やっぱりだった。

イタズラだったのだ。

思っていたとおりだったが、最悪な気分だった。

イタズラをした人間の家を探して文句を言ってやろう、などという気はなかった。

そんなことは面倒過ぎた。

私と河田はその場を去った。


翌日の朝、河田から電話があった。

「今朝のNHKのニュース見たか?」

私は、

「ニュース? 見てないよ。今起きたところだから」

とパジャマ姿のままで答えた。

「新聞は？　朝刊あるか？」

焦った声で河田が尋ねる。

「新聞ならあるよ。それがどうした？」

新聞がどうしたというのだろうか。

「見てみろ。俺んち読売だけど、載ってるぞ！」

河田が叫ぶように言った。

何をそんなに興奮しているのだろうか。

電話はそのままにして、私は居間から新聞を取ってきた。私の家は朝日だった。

「朝日なんだけど」

私が言うと、河田は、

「いいから探してみろ。田端で、下平いずみだ！」

そう叫んだ。完全に叫び声になっていた。

尋常ではない電話の向こうの河田の様子と、下平いずみという思いもしなかった名前に、猛烈に嫌な予感がした。

「あった……」

私はつぶやいた。

『自宅で女性を殺害　無職の男を逮捕　東京

五日ほど前から自宅に女性を監禁し、昨日午後四時ごろ殺害したとして、警視庁は十二日、無職の山口達治容疑者（三六）＝北区田端○＝を殺人の容疑で逮捕した。殺害された女性は会社員の下平いずみさん（二四）で、刃渡り十八センチの包丁で、喉を切られるなどして殺害された。下平さんの叫び声を聞いた付近の住民が一一〇番通報して警察が駆けつけたところ、下平さんは心肺停止状態で発見され、搬送された病院で死亡が確認された。山口容疑者は、「自分のパソコンを使い、メールのやり取りをしていたのを見つけて腹が立ってやった。メールは消去したので、相手が誰なのかはわからない」と自供している。昨日、山口容疑者は一人で外出しており、その間に下平さんは、山口容疑者のパソコンでメールを使い、誰かに助けを求めていたようだった』

河田が口を開いた。

「昨日、住所の場所まで行ってメールしただろ。その返事が、俺たちのことをバカにした内容だったよな。あれ、犯人の山口《やまぐち》が書いて送ったものだったんだよ。下平いずみのSOSメール自体が、イタズラだったと俺たちに思わせるために。殺されたのは四時ごろって書いてあるから、俺たちが帰ったあとだよな。ていうことは、俺たちが山口の自宅の近くにいたときは、まだ下平いずみは生きていたってことになる……」

あの流出うんぬんのメールは、犯人が書いて送ってよこしたものだったのだ。私たちは現場に到着し、下平いずみにメールを送ったが、犯人はその前に、自宅に帰ってきてしまっていたということになる。昨日やり取りしたメールは全て、私が今手にしている携帯電話の中にまだ残っている。

「……………」

私はしばらく、何も言うことができなかった。

幽閉

戸未来辰彦

気がつくと、辺りは闇に閉ざされていた。

どうやら私は床にうつ伏せになって倒れていたようだ。

頭と背中、腰に鈍い痛みがあり、額に手を当てると血のヌメリを感じる。

私は数センチ先も見えない暗闇で、両手を床について体を起こし、身の回りを手探りで確かめる。

手を伸ばした先には丸みを帯びた壁があった。

壁に背を向けてもたれかかる。

ズボンのポケットからスマートフォンを取り出し、電源ボタンを長押しした。数秒後、起動画面が暗闇に浮かび上がる。

どうやらスマホは無事らしい。

フリック操作でタッチキーを解除すると、フラッシュライトを点灯させ周囲を確認する。

カメラ用のライトのためまぶしくて、目が慣れるまでに少し時間が掛かった。

周りを照らしてよく見ると、目の前の床から不気味に突き出た光沢のある壺《つぼ》のようなものが見える。

便器だ。それを見て自分の今いる場所がトイレだということを理解した。

朦朧《もうろう》とする頭を叱咤《しった》しながら少しずつ記憶を手繰《たぐ》り寄せる。


オーストラリアからの出張帰り。

シドニーを朝の八時十五分に離陸した飛行機は、あと一時間ほどで成田空港に到着するはずだった。

搭乗したボーミング七八七は、ＪＡＮＡの最新鋭旅客機で日本の技術が各所に導入された美しい機体だ。

もちろんトイレには日本のお家芸であるウォッシュレットが装備されている。

あの大きな揺れがあったのは、ちょうど私が着陸に備えて機内のトイレでゆっくりと用を足した直後だった。

ズボンを穿《は》いてベルトを締め、トイレ内に備え付けの手洗い場で手を洗っていたそのとき。

昔、遊園地で乗った自由落下するジェットコースターのように自分の体がフワリと宙に浮く感じがした。

お尻のあたりがゾワリとする。まるで無重力状態だった。

直後、機体は大きく左右に揺さぶられ、電気が消えて真っ暗になった。

数秒後、トイレの扉あたりにオレンジ色の非常灯が点いた。

私は身の危険を感じ、壁伝いにトイレから外に出ようとドアノブのほうへと手を伸ばした刹那、天地がひっくり返り、私の記憶もそこで途切れていた。


私はスマホのライトを頼りによろよろと立ち上がり、トイレのドアを引いてみたがビクともしない。

見上げると、トイレの天井から壁にかけて全体的に大きく歪《ゆが》んでいる。

ドアノブは回りはするが、ドアがひし形状に変形し、人の腕力では到底開けられそうにない。

今の状況から判断して、私はどうやら飛行機事故に遭い、一人トイレに閉じ込められてしまったようだ。

ここには窓があるが、外も真っ暗で何も見えない。

私は何時間くらい気を失っていたのだろうか。

左腕にはめたアナログ時計を見た。

時計の強化ガラスに入った亀裂の向こう側で、午後十一時過ぎを指していた。時計の秒針は規則正しく時を刻んでいる。

カレンダーの文字盤には七日と表示されていた。ラッキーセブンが聞いて呆《あき》れる。

この便は、七夕の午後五時過ぎに成田に到着予定だったはずだから、墜落してから少なくとも六時間以上は経過していることになる。

スマホの通信状況を確認したところ、ステータスバーには奇跡的に圏内を示すアンテナバーが一本立っていた。

この機体はいったいどのあたりに落ちたのか。

オーストラリアからの飛行経路を考えると、おそらく日本の南の太平洋上のどこかだろう。

アンテナの受信状況から、日本の通信基地局がそう遠くないところにあるに違いない。もしかしたら、小笠原《おがさわら》諸島付近に墜落したのかもしれない。

そうだ。スマホにはＧＰＳ機能がある。地図で現在位置を確認できれば、救出される可能性が高くなる。

私はスマホの画面に地図を呼び出しＧＰＳ機能をオンにしたが、『現在位置を取得できません』と表示された。

何度試してもダメだった。墜落時の衝撃でＧＰＳ受信機が故障でもしたのだろうか。

スマホのバッテリー残量に目をやり、慌ててバックライトを消した。

残量を示す電池のマークはすでに四分の三に目減りしていた。今後のことを考えると決して無駄遣いはできない。

私は回らない頭をフル稼働させて、妻の瞳《ひとみ》にメールを打つことにした。

電話で直《じか》に声を聞きたかったが、電力の節約のため仕方がない。

非常時、電話よりもまず電子メールが基本であることを、私は数年前の震災のときに学んだ。

電話という手段は、通信負荷が大きいため特に非常時の通信には適さない。

私は、自分が無事であることを伝える簡潔なメールを瞳に送信した。

数分後、瞳からメールが届いた。

From Hitomi

あなた、今どこにいるの？

続けて瞳と短いメールのやり取りを繰り返す。

From Takashi
飛行機内のトイレに閉じ込められているようだ。

From Hitomi
あなたが無事でとても嬉しいわ。志穂《しほ》もパパの帰りを心待ちにしているわ。

From Takashi
私が乗っている飛行機がどこに不時着したのかまったく分からない。

From Hitomi
海上保安庁や自衛隊の方々がたくさん動員されて、あなたの飛行機の行方を追っています。もう少しの辛抱よ。必ず見つけてくれるはずです。

From Takashi
分かった。また連絡する。

私は瞳と連絡が取れたことに少し安堵した。とりあえず待つしかないと思った。
頭の奥が痺《しび》れるように痛い。
疲れてきたので、今日はもう眠ることにした。

次の日も、また暗闇の中で目が覚めた。
人間は、太陽の光を浴びないで生活すると、一日に十分ずつ体内時計が狂うという。
私の体内時計もだんだんとずれてゆくのだろうか。
身を起こし、壁にもたれながら瞳にメールを打った。

From Takashi
隆志《たかし》だ。まだ救援は来ない。

From Hitomi
あなた。頑張ってください。警察にあなたからメールがあったことを伝えました。皆さん、一生懸命飛行機を捜してくれています。あともう少しの辛抱です。

私は次の日もまたその次の日も、瞳にメールを入れて無事を知らせた。瞳からも、私を懸命に励ますメールが毎日送られてくる。

スマホのバッテリー残量はあと半分。

私は待機電力を節約するため、メールの送受信は一日一度に制限し、それ以外はスマホの電源をオフにすることに決めた。


意識が戻ってからとうとう一週間が経《た》った。

眠くなれば寝て、起きているときは壁に寄り掛かって座る。

一日に一度スマホに電源を入れ、瞳から来たメールを読み、また瞳にメールを打つという繰り返しが日課となった。

真っ暗な闇の中でこうしてじっとしていると、自分が生きているのか死んでいるのかさえ分からなくなってくる。

ここ数日、食欲も感じない。人間は生死の狭間《はざま》の極限状態になると、だんだん空腹を感じなくなるらしい。

唯一の救いは、毎日トイレ内の手洗い場で蛇口を捻《ひね》ると水が飲めることだった。脱水症状が続くと命取り。昔、アウトドアの雑誌でそんな記事を読んだことを思い出し、欠かさず水分を補給した。

また、幸か不幸かトイレが身近にあるので排泄物《はいせつぶつ》の処理には困らず、周囲の衛生状態も比較的清潔に保たれている。

長期にわたる体の不衛生は、皮膚病や呼吸器系などにも悪影響を及ぼすことが多いらしい。

その昔、幽閉されて命を落とした人々の中には、単なる衰弱死だけでなく不衛生による感染症で亡くなる人も多かったと聞く。

風呂には入れないが、我慢しなければならない。

私は気が遠くなるほど救援を待ち続けた。

しかしその後も救助は来ない。

私は少しずつ焦りを感じ始めた。

私はこのまま死ぬのだろうか。妻と幼い一人娘を残して。

食料を確保するため、トイレのドアを何とかこじ開けようと何度か試みたがどうにもならない。

トイレの中から外部の音を察する限り、機内の他の乗客たちが無事かどうかも怪しくなってきた。

機内は気味の悪いほど静寂に包まれており、私以外はほぼ絶望的なのかもしれない。

その後も、私は来る日も来る日も瞳にメールを打ち続けた。

しかし、意識が戻ってから十五日目に、瞳からのメールの返信がプツリと途絶えた。

私の焦りはさらに募った。

スマホのバッテリーは残り四分の一。そう長くは持たないだろう。

瞳の身に何かあったのだろうか。心労が重なって倒れたのだろうか。

それとも、自ら捜索隊に協力して多忙を極めているのだろうか。

私は決して諦めない。瞳と志穂のためにも生き延びねばならない。

日に日に体が衰弱していくのを感じながら、私は毎日一通ずつ瞳にメールを打ち続けた。

意識が戻ってちょうど一ヶ月後。いつものようにスマホを起動した際、静寂に沈むこの密室に久々にメールの着信音が鳴り響いた。

少し気を抜くだけで、意識が朦朧としてくる。

私は最後の力を振り絞って震える手でスマホを操作し、届いたメールを霞《かす》んだ目で追った。

From Kiyoshi
隆志。我が息子よ。

さぞ辛《つら》かったろう。よくここまで頑張った。

私はお前を誇りに思う。

瞳さんは今、体調を崩して入院している。

近ごろ、瞳さんの様子がおかしいので、私と母さんで彼女を説得してそうさせてもらった。瞳さんは毎日お前からメールが届いていると警察に連絡したが、そんなメールは見つからなかった。

お願いだから、もう瞳さんにメールを打たないでくれ。いい加減に彼女を解放してあげなさい。

きっと、お前は自分の死に気づいてはいまい。

お前の乗った飛行機は、ちょうど一年と一ヶ月前に太平洋上空で消息を絶ち、今もまだ行方不明のままだ。

そして今日、飛行機の捜索打ち切りの発表があった。

隆志よ。お前の愛娘《まなむすめ》の写真を送る。どうか、安らかに眠っておくれ。

添付された写真を開くと、
少し背が伸びた志穂がこちらを向いて微笑《ほほえ》んでいた。
彼女の背後には、私の遺影が飾られていた。

七歳の君を、殺すということ

関井薫

この街に来て四十日が経《た》った。

九月初旬、この街に来たとき、まるで生き急ぐように残りわずかな蟬《せみ》が鳴いていた。けれど、そんなけたたましい叫びも今はもうない。先に散っていった、仲間や家族のもとへ行ったのだろう。

ポケットの中でくしゃくしゃになった煙草《たばこ》を手に取る。そこから一本取り出し、火を点《つ》ける。

ベンチの背もたれに体を預けながら、今日も目的を果たすことができなかった、と息を吐く。ゆらゆらと揺蕩《たゆた》う煙が、茜空《あかねぞら》に向かって消えていった。

僕に残された時間もあとわずかだ。

公園内に設置されたスピーカーから、『夕焼け小焼け』が流れる。遊んでいた子どもたちが次々と親に手を引かれ帰っていく。

「ばいばい、またね」

「また明日遊ぼうね」

その中に城崎拓也《しろさきたくや》の姿はなかった。今日はこの三角公園で遊ぶと言っていたのに、気が変わったのだろうか。

帰宅時間に合わせて公園に顔を出し「一緒に帰ろう」とでも言えば、容易に連れ出すことができると思っていた。拓也は警戒心の薄い七歳だし、なんたって僕は隣人なのだから。

足元で煙草をもみ消す。僕は重い腰を上げ、公園を出た。

住宅街に沿った道路を歩いていると、どこかしらから「晩ご飯」という匂いがしてくる。

もうずいぶんと「晩ご飯」を食べていない。僕が食べる夕食は誰かが作ってくれたようなものではなくて、駅前の牛丼屋とか、コンビニで調達してくるような食料だ。「晩ご飯」と呼べるようなものではない。だから僕の家から、こんな温かい匂いが漂うこともない。

「圭《けい》兄ちゃん！」

アパートの前で佇《たたず》んでいた拓也が、僕の姿を見つけた瞬間走り寄ってくる。青く強《こわ》張《ば》った顔で、目に涙を溜《た》め、僕の名前を叫ぶ。

「どうした？　何かあったのか？」

「母ちゃんが！　母ちゃんが！」

ひどく取り乱して僕の手を引っ張る。その指先が少し震えていた。

急いで拓也と母親が暮らす、隣の部屋へ駆け込んだ。他人の部屋に入るということに一瞬躊躇《ちゅうちょ》したものの、拓也の様子を見る限り、そんなことを言っている場合ではなさそうだった。

玄関にも、入ってすぐの台所にも、ほとんど物がない。シングルマザーの家庭だから贅沢《ぜいたく》はしていないだろうと予想していたけれど、ここまでがらんどうだとは思っていなかった。

奥にある引き戸の隙間《すきま》から、拓也の母親が倒れているのが視界に飛び込んでくる。苦しそうに丸まり、こちらに向けた顔を歪《ゆが》ませていた。

一瞬頭の中に、あのときの記憶が蘇《よみがえ》る。

足が硬直して前に踏み出せない。

『大丈夫、大丈夫。心配せんと、お母さんは大丈夫』

母の声が、記憶の中で僕に語りかける。

母は亡くなる直前も、僕を安心させようと笑っていた。痛いのに、怖いのに、それよりもまず僕の目を見て笑っていたのだ。

「圭兄ちゃん！　母ちゃんを助けて！」

拓也の母親である城崎洋子《ようこ》が運ばれたのは近所の総合病院で、彼女は胃潰瘍《いかいよう》を患っていた。それもかなり無理をしていたらしく、腹膜炎《ふくまくえん》を起こしかけていたという。

「溝口《みぞぐち》さん、お願いです。お願いします」

病室で洋子さんが僕に何度も頭を下げた。

「少しの間でいいんです。拓也を、拓也を……預かっていただけませんか。お願いします」

引っ越してきて一ヶ月も経っていない男に、大事な息子を預けるというのだから、それほどに動揺していたのだろう。それに拓也も、驚くほど僕に懐《なつ》いていた。当然かもしれない。拓也に近づくために、愛想よく好青年を演じていたのだから。

頼れる人がいないんです。

洋子さんは深く、深く頭を下げた。

「いいですよ。ゆっくり体を休めてください。拓也君のことは僕に任せて」

僕は笑顔で、洋子さんの肩に手を置く。

チャンスがやって来た。そう思った。

＊

母の通夜に訪れたのは、叔父《おじ》さんとその家族だけだ。

マスコミを全てシャットアウトするために、家族でひっそりと葬儀を執り行った。

母の体が煙となって、煙突から上空へと昇っていくのを見て、やっぱり死んだあとは天に昇るのだと改めて思う。

「おばちゃん、殺されたの？」

空を仰ぐ僕の横で従妹《いとこ》が言う。従妹と言っても会ったこともなかったから、こんな小さな従妹がいるなんて今日まで知らなかった。

「由里《ゆり》！　何てこと言うの！」

たぶん僕の叔母であろう人が、顔を引きつらせた。

「いいんですよ。気にしないでください」

僕は叔母にそう言い、由里ちゃんの視線から逃れるように、もう一度煙を見やる。殺された。

そう、母は殺されたのだ。

「ちょっと、すみません」

そう言って、建物の脇に設置された喫煙所へと足早に向かう。煙草の箱を取り出し、一本摘まみ火を点ける。

『まあた、圭悟《けいご》はそんなん吸うて。お母さんより先に死なんでよ』

『母さんは殺しても逝かなそうだから、僕のほうが先かもしれないよ』

つい先日交わした会話を思い出す。

まだ実感が湧かなかった。

母を殺したのは、城崎拓也という男だった。

名前も顔も知らない男に、母は「誰でもよかった」という理由で命を奪われた。

僕の就職祝いにビジネスバッグを買ってあげると母は言い、ショッピングモールに足を運び、殺された。

すぐ近くに僕はいた。何が起きたのか分からなかった。犯人の顔も見ていない。気づいたら母が倒れていて、誰かの悲鳴が聞こえ、あたりに血が流れていた。

『母さん、母さん！』

『圭悟、大丈夫、大丈夫。心配せんと、お母さんは大丈夫』


「犯人が憎いですか？」

声にハッとし振り向くと、喫煙所の奥に男がいた。

長いこと洗っていないような、伸びきった白髪を垂らし、小汚いジャンパーを羽織っている。ホームレスだろうか。そんな風貌の男だった。

僕が黙って見ていると、もう一度男は言う。

「犯人が憎いですか？」

一瞬、マスコミから受けた質問が頭を過《よぎ》る。

――犯人に言ってやりたいことは？

――お母様の命を奪った犯人が憎いですか？

「何なんです？　いきなり失礼じゃないですか？」

この男も、マスコミも、僕に憎いと言わせたがっている。泣き叫んで、母を返せと、犯人を殺してやると言わせたがっている。

でもそんなことを言っても、母は返ってこない。煙になって、骨だけ残った。このあとは丘の上の霊園で石になるんだ。

ふざけんな、ふざけんな。

僕は灰皿に乱暴に煙草を投げ入れる。

その場を去ろうとした僕の背中に、男が言う。

「殺される前に、殺せばいいんですよ」

その言葉に、僕はカッとして、灰皿を蹴飛ばす。

金属がコンクリートに打ちつけられる衝撃音が起こり、灰皿の中の、ヤニが溶け込んだ茶色い水があたりに散らばる。

「いい加減にしろよ！」

男は怯《ひる》む様子も見せず、微動だにしない。垂れ下がった前髪で表情も見えない。笑っているのか、からかっているのか、同情しているのかも分からなかった。

狂気が生まれる前に消すんです。

大事な人が奪われる前に、その芽を摘むのです。

過去に戻って――。

男は確かに、そう言った。

拓也はずっと、僕のTシャツの裾を握りしめていた。

救急車に乗っている間も、病院の待合室でも、自宅への帰り道でもずっと握りしめていたから、僕の服の裾はすっかり伸びきってしまっていた。

＊

服を脱ぎ、よれたTシャツを布団の上に投げる。拓也は部屋の隅で膝を抱え、唇を堅く一文字に結んでいる。泣くのを我慢しているように思えるその姿は、ただの七歳の子どもだった。

そこら辺に投げ捨てられたTシャツを着る。

僕の部屋は拓也の家より何もないなと改めて思う。殺すために来たのだから、寝床さえあればよかった。

「拓也、何か食べる?」

拓也はうつむいたまま首を横に振る。

「そっか。それじゃあ、パジャマとか家にある?」

こくんとうなずく。

「よし、取りにいこうか」

拓也の手を引き隣へと向かう。

今この瞬間だって、殺そうと思えば殺せるのに、どうしてもそんな気になれなかった。母に対しての罪悪感が湧き上がる。それとともに憎しみも湧く。

けれど、どうしてもできない。

拓也に、昔の自分の姿が見えた気がした。


『〝もうちょう〟ってなに?』

『お腹が痛い痛いってなっちゃう病気だよ』

『おかあさん、びょうきなの?』

『大丈夫、すぐよくなるからね。その間ばあちゃんと一緒に遊ぼうね』


僕が五歳のときに母が倒れた。盲腸だったから、そんなに長く入院していたわけではない。その間僕は近所のばあちゃんの家で過ごした。母もシングルマザーとして、僕を育ててくれたのだ。

父のことは覚えていない。僕が生まれたときから父はいなかったらしいけど、その理由を聞いたこともない。

ばあちゃんは優しくて、赤の他人である僕の面倒をよく見てくれていた。居心地もよかった。僕はばあちゃんが大好きだった。

でも、何日も母がいないという初めての体験に、どうしようもなく心細かったのを覚えている。

『ねえ、おかあさんはいつ帰ってくるの？』

『なんでいないの？』

『なんでいないの？』

もう二度と母に会えないのではないかと僕は不安で仕方がなかった。あのときの痛みが、十七年ぶりに反芻《はんすう》してくる。

「拓也、さみしいか？」

僕がそう言うと、洋子さんがうずくまっていたその場所で、拓也は膝を抱えて座り込む。

小さい背中が震え、洟《はな》をすする音が響いた。

その背中をさすろうと手を伸ばしかけた自分に気づき、拳を握る。

「大丈夫だよ」

一言だけつぶやいた。なるべく冷たく聞こえるように、低い声を出した。

こいつは二十年後、母を殺すのだ。

期間は四十九日。その間に、狂気の芽を摘むのです――。

男の言葉が僕の心を握りしめた。

*

二十年という月日を遡《さかのぼ》ってきて、僕が最初にしたのは、拓也を捜すことでも寝床を見つけることでもなく、母に会いにいくことだった。

わずか二歳の僕と、まだ生きている母がこの世界にはいる。会って話したところで、何て説明していいのかも分からない。あなたは二十年後に死にます、なんて言えるはずもない。

だから、ただ姿を見られればよかった。母を感じることができれば、それでよかった。

電車に乗り、当時住んでいた街へと向かう。財布に入っていたお金は、五千円札が新渡戸稲造《にとべいなぞう》に、千円札が夏目漱石《なつめそうせき》に変わっていた。

切符を箱に入れ、無人の改札を出る。記憶にない駅なのに、懐かしさを覚えた。

二歳のころの記憶なんてないけれど、母に聞いた話と、アルバムを見て知った風景を重ねながら歩いていく。

駅、パチンコ屋、銀行、公園、夕日が射し込む並木道――。

不思議と、覚えているはずもない記憶が蘇ってくるようだった。迷うことなく歩いていく。ふと立ち止まった古いアパートから「晩ご飯」の匂いがしてくる。

母の匂い――そう思った。母の作った、甘過ぎる肉じゃがの匂い。

「晩ご飯」の匂いだ。僕は目の前の駐車場でフェンスに寄りかかる。

『こら圭悟、ニンジン残さんと、ちゃんと食べなさい』

『嫌だよ、ぐにゃってするのが嫌なんだよう』

『好き嫌いしない。さっさと食べんさい』

『おっ、圭悟偉いねえ。圭悟はやればできる子だ』

この匂いが、母の作った料理なのかも分からない。記憶の中でしか母の声は聞こえない。

錆《さ》びたフェンスが背骨に当たる。背中も痛いし、胸も痛かった。でも僕は、ずいぶん長いことそこにい続けた。

気がつくと、ホームレスの男が僕の目の前で胡座《あぐら》をかいていた。

あの男だ――そう思って声を上げようとしたとき、僕より先に男がしゃがれた声を出した。

「殺してください。城崎拓也を消しましょう」

垂れ下がった前髪の下で、男が口角を引き上げる。言い知れない気持ち悪さを感じながら僕は男に聞く。

「城崎は、どこにいるんですか?」

そう言うと、男は僕に鍵を差し出した。住所を言う。聞き逃さないよう、僕は必死に住所を覚える。

東京都練馬区《ねりまく》――何度も何度も声に出してつぶやいた。

男の告げた住所に着くと、そこは当時母と二歳の僕が住んでいたアパートより、さらに古い木造アパートだった。

錆びついた階段を上り、一番奥のドアに鍵を差し込む。

僕がノブを回したのと同時に、隣のドアが開く。

出てきたのは、ひょろひょろとした色白の男の子で、僕を見て目を丸くした。手にはサッカーボールを持っている。

「こんにちは」

と、男の子が遠慮がちに言う。

「……こんにちは」

それが、拓也と僕の最初に交わした会話だった。

もう後戻りはできない。

僕は拳を強く握りしめた。


拓也はどこまでも七歳の子どもだった。

歩幅も僕の半分もない。サッカーが好きで、サッカーボールは誕生日に買ってもらったのだと嬉《うれ》しそうに話す。

僕の背中に飛びつき、突如戦いごっこを始め、勝てないと不貞腐《ふてくさ》れる。

来る日も来る日も、僕は拓也と関わり続けた。

チャンスは幾度となくあったのに、実行に移すことができず、四十日が経過した。探していたのかもしれない。

拓也の中の狂気を。二十年後、「誰でもよかった」と言って、母の命を奪う奴なのだという実感を。

そして、殺人犯は子どものころからどこか、「違う」一面を持っているのだと自分を納得させるために。

＊

「違うよ、圭兄ちゃん。お味噌《みそ》は少しずつ溶かすんだよ」

味噌を入れて、ぐるぐると鍋をかき回した僕に、拓也が呆《あき》れた声を上げる。

「えっ、そうなの？　これじゃダメ？」

「ダメダメ」

翌日、僕たちは洋子さんのお見舞いに行き、病院の帰りにスーパーで材料を買い、拓也の家から調理器具を借りて夕食を作ることにした。

魚フライは買ってきたけど、味噌汁と肉じゃがは作る。

朝食はコンビニで済ませたし、昼食はファミレスで食べた。ファミレスのハンバーグを拓也は喜んで食べていたけど、さすがに夕食まで外食というわけにもいかない。殺そうと思っている相手の食事の心配をするなんて、何だかおかしな話だけれど、どうせ殺すのだからどうでもいいのかと言うと、そういうことではない。

昔、母に言われたことを思い出した。

『ねえ、圭悟。

ご飯が圭悟を作ってくれるんよ。

気力、体力、それに愛情も。

ほら、好き嫌いせんと、食べんさい』

そのためか、洋子さんのいない間もしっかりと「晩ご飯」を作ってやりたかった。

そう思っていたのに、味噌汁でさえ拓也にダメ出しを喰《く》らう。

料理なんて作ったことがないから、気張らずに買ってくればよかったと後悔した。

全て作り終えたとき、拓也が言う。

「ねえ、ご飯は？」

「あっ！　忘れた！」

おかずだけ作って、米を炊くのを忘れていた僕を、拓也がじとりと睨《にら》む。

そうして完成した食卓には、味噌汁と肉じゃが、魚フライ、そして朝食用に買ってきた食パンが並んだ。

「いただきます」

「いただきまーす」

拓也が肉じゃがを口に運ぶ。

「どうだ！　旨《うま》いか？」

「うーん……不味《まず》いっ」

子どもは正直だった。

僕も食べる。肉じゃがはしょっぱくて、ご飯が欲しくなる。僕は食パンを齧《かじ》る。

正直、美味しいと言える代物ではない。当たり前のように「晩ご飯」を作れる母や洋子さんがすごいと思う。自分で作ってみるまで、やらないだけで、自分にも簡単にできると思っていた。

「ごめんな、明日はちゃんと作るから」

拓也も食パンを齧る。うん、とつぶやき笑った。

その無邪気な笑顔を見て、僕は思わず目を逸《そ》らす。

明日……。明日、か……。

迷っていた。城崎を殺すと決意して、過去にまでやってきた。それなのに、僕は迷っている。迷っている自分が情けなかった。


僕の部屋の布団で眠る拓也を見ながら、自分は何をやっているんだと思う。

一緒にサッカーをし、戦いごっこをして、晩ご飯を作り、一緒の布団に寝ている。

その相手は、母を殺した殺人犯だ。

僕はいったい何をしているんだ。

こいつのことが許せない。憎い。

拓也は気持ちよさそうに寝息を立てている。昨日は泣いていたけれど、お見舞いに行ったことで安心したのかもしれない。

起き上がり、拓也の横で正座する。

ゆっくりと、右手を拓也の首に近づける。片手でも事足りるくらい拓也の首は細い。

母さんが助かる。こうすれば、母さんが生きていける。僕は母さんに買ってもらったビジネスバッグを持って会社に行き、帰宅して母さんの叱咤《しった》激励を受けながら、晩ご飯を食べる。

ホームセンターだの、ドラッグストアのセールなんかに付き合わされて、休日を送る。

そのうち彼女ができて、結婚して、母さんは僕の子どもを抱く。きっと母さんのことだから泣くんだろうな。意外と涙もろいから。

手が震えている。さらに左手を添え、徐々に力を加えていく。

『圭悟は本当に優しいねえ。

お母さん、圭悟産んだのが一番の正解だったよ』

母さんの声が聞こえる。

『いい、圭悟。

人っていうのは優しくなきゃダメなんよ。

弱い者いじめは絶対にやったらダメなんよ』

まるで生きているように、母さんの声が降ってくる。

あのころはたいして聞いてもいなかった言葉が、僕の中で生きている。

『自分の信じる道を行きなさい。

あなたは絶対に、正しい判断ができる。

だってほら、母さんの子やけん』

ぶるぶると、バカみたいに手が震えていた。

僕は布団に倒れ込む。

力を加えることが、どうしてもできなかった。

拓也を殺したくない——そう、思っている自分がいたんだ。

『自分を好きでいられる、自分になるんよ。

圭悟なら、絶対大丈夫』

拓也を見ると、何も知らずに口を開けて寝ていた。アホっぽいその顔が、子どもらしい子どもの寝顔だった。

こんなことやめよう。もうやめてやる！

拓也を殺そうとした手を見ると、笑えてきた。そして、泣けてきた。

「ごめん、母さん……助けられんかったよ」

枕に顔を押しつけた。拓也を起こしてはいけないと、声を殺して泣いた。

母の言葉が生きている。

それだけで、自分が取り戻せたような気がした。


七歳の君を、殺すということ。

それは僕が、僕でなくなることだったのかもしれない。

あの夜から吹っ切れた僕は、晩ご飯の研究をした。拓也に文句を言われながら、手伝ってもらいながら、二人で作った。

ハンバーグ、カレー、キンピラゴボウ、豚肉の生姜《しょうが》焼き、筑前煮まで作れるようになった。もちろん、肉じゃがのリベンジもした。今度はお米を炊くのも、忘れずに。

拓也とはサッカーをして、戦いごっこをしながらたくさん話した。

「いいか、拓也。

自分を好きでいられる、自分になれ。

拓也なら、絶対に大丈夫」

拓也は、よく分からない、という顔をしたけど、それでいいと思う。

いつか、どうしようもなくなったとき、ふと思い出してくれればいいのだ。生きている言葉として、思い出すときがあればいいと思う。

「本当にありがとうございました」

洋子さんが僕に言う。退院してきた洋子さんの隣で、拓也が嬉しそうに、けれど、ちょっと恥ずかしそうに立っている。

「いえいえ、楽しかったです」

僕は心から、そう言っていた。

「ばいばい、またね」

「また明日遊ぼうね」

拓也が僕に手を振り、洋子さんと隣の部屋へと入っていく。

部屋に戻って、何もない空間で、僕は煙草を手に取る。

一本摘まみ火を点ける。

大きく煙を吐き出すと、ゆらゆらと揺蕩う。白い煙が昇っていく。

ほどなくして、隣から「晩ご飯」の匂いがしてきた。今日は拓也の好きな生姜焼きかなと思う。

薄れゆく意識の中で、昨日作ったんだけどなあと笑った。


僕と拓也の四十九日が終わる。

真っ白な意識の空間で、ホームレスの男が言う。

「なぜ、殺さなかったのです」

僕はぼんやりと男を見る。ああ、そうか、と思った。

男は続けざまに叫んだ。

「なぜ、殺してくれなかったんだ！」

「罪は消えないんだよ。だって、僕に殺せと促した君を殺してしまったら、僕がここに来る理由もないだろ」

男は目からも、鼻からも水を垂らし、震えながら僕を見る。無数に刻まれた皺《しわ》が、生きてきた年月を感じさせた。

それでも僕には、七歳の拓也が目の前にいるように思えた。

「圭兄ちゃん……ごめんなさい、ごめんなさい、ごめんなさい」

拓也がこのあと、どんな風に成長し、どんな想《おも》いを抱えていたのかは分からない。

今でも、母を殺した城崎拓也を許すつもりもない。

でも――。

僕の言葉を、一緒に過ごした四十九日を、思い出す日がきっと来たのだと思う。

「罪は消えない、消したくても消えないんだよ、拓也」

拓也は、まるで幼い子どものように、頭を抱え、小さくなりながら、僕に謝り続ける。

自分が歩いてきた道は、変えることのできないものだ。

だからこそ、自分の信じる道が必要なのかもしれない。

次第に、拓也の声が遠ざかっていった。

気がつくと喫煙所にいた。灰皿も倒れていないし、男もいなかった。

長いこと夢を見ていたような気分だ。

＊

僕は叔父のもとへと急ぐ。

叔父は、骨になった母さんを抱えている。それを僕が受け取り、車に乗り込む。

これから僕には、母さんとの四十九日が待っている。

母さんと一緒に、いろんな場所に行こうと思う。今まで何かと理由を付けて、母さんの誘いを断わっていたから。

もしかしたら、ホームセンターとか、ドラッグストアのセールにだって行くかもしれない。

そうして、僕は一人で、日常を過ごしていく。

四十九日が終わったら、母さんは丘の上の霊園で石になる。

不思議と、悔しくも、悲しくもなかった。僕の中には生きた言葉がある。

母さんが遺《のこ》した生きた言葉が。

風と雪と炎

しのき美緒

ビバークの夜

雪がやまない。小屋を出るときには晴天だったのに、よりによって稜線《りょうせん》を歩いているときにホワイトアウト。目にも刃のような雪が飛び込んでくる。ゴーグルを下ろしたが、今度は視界不良に拍車がかかる。ゴーグルを頭の上に戻した。

舌打ちしたい気分だった。

そうこうしているうちに山は積雪によって姿を変え、完全に下山ルートを見失ってしまった。

いったい風速何十メートルなのか。猛烈な風を受けてしばしばピッケルを突き立て耐風姿勢を取らざるをえず、凶器と化した雪と風は俺の体温を奪っていく。功名心に駆られて単独行をしたことをようやく後悔し始めていた。薄暗くなってきた。もうこれ以上進むのは無理だ。

俺はヘッドライトを装着し日没に備えた。そして雪が深そうなところを探し、雪洞を作るためにスコップで雪をブロック状に切り出し始めた。

この雪がやんでくれればいいが。少しでも装備を軽量にするために食料も普段より少ない。

もう少しだ。スコップでさらに雪を出して、底と天井を固める。

すでに感覚のなくなった手でザックからツェルトを取り出し、入口を覆い、切り出した雪のブロックで重しをした。

中にロウソクを灯し、換気の目安とする。それからシュラフを出して包《くる》まり、ザックに腰をかけてひとまず落ち着いた。指がどうにか動くようになる。手袋はしたままで手帳を取り出し、記述する。

『一月三日、天候急変、進退─谷《きわ》まる。K岳稜線付近にてビバーク。天気回復を待つ』

明日晴れたら小屋まで戻れるか。

思いつくいくつかのなすべきことを書き付け、少し湯を沸かそうか、とホエーブスに点火して、携帯用小鍋《コッフェル》に雪を入れて溶かそうと用意し始めた。ホエーブスがごうごうと上げる炎のなんと力強いことか。

ザクッザクッと雪を踏みしめる音が聞こえた。お仲間か。遭難一歩手前で人間に会えるとは。一人ではできないことも二人であれば可能になる。一度に体に活力が戻った。

「すみません」

外から声がかかった。俺はまだ凍って痛い体を動かして、入口を塞いでいるツェルトをほんの少し捲《めく》った。

「助かった」

雪で真っ白になった男はそう言った。狭いが体育座りなら何とか二人入れるくらいの広さは確保してある。

「俺も心強い。中、入って」

そう言ってから身をかがめて入ってきた彼の装備を一瞥《いちべつ》した。あまり心強い道連れではなさそうだったが、この悪天候の中、突き放すこともできない。

「前回来たときは晴れ上がって綺麗《きれい》で、また来たいと思ったんですがね」

青年はそう言った。

俺は言いたいことは全て呑《の》み込んで、

「災難でしたね。まあこれでも飲んで」

雪を沸かした湯で溶いた粉末ポタージュスープを彼に渡した。

転ばぬ先の杖《つえ》

もうあれから四十年になる。ずいぶん経《た》ってしまった。

凍えた私の腸に染み渡ったのは、ご馳走《ちそう》になったコーンスープの温かさと、Tさんの優しさであった。

翌朝、強風の中、K岳登頂を目指してTさんは雪洞を出ていき、帰らぬ人となった。私も一緒に行こうかどうしようか迷った。彼は勇敢で私は臆病だった。だが、ときには臆病が幸いすることもある。

冬山では瞬時の判断が生死を分ける、誰でも頭では分かっているが、なかなか決めかねているうちに取り返しのつかないことになる場合も多々ある。

今でも辛《つら》い記憶ではあるが、この文章がこれから冬山登山を始めようとする皆さんの転ばぬ先の杖になってくれれば著者冥利に尽きる。

山鯨山房主人《やまくじらさんぼう》　――榎戸総一朗《えのきどそういちろう》（登山家）

そこまで読み終わると、私はふぅっと紫煙を吐き出し、出版社から届けられた山岳雑誌の自分の文章が掲載されている場所に付箋をつけた。にわかにアラスカン・マラミュートのゴンが一声吠《ほ》えた。デッキに出てみると、何人かの顔見知りの連中が家の前にいた。通年営業している山小屋で働く若い連中だった。その彼らの表情が緊張で引き締まっている。何事かあったらしい。最近は天候も安定しているのだがどうしたんだろう。よおっと片手を上げてリーダー格の長田《ながた》君に挨拶したとき、彼らが持っているものに目を奪われた。ソリだ。スコップを持っている者もいる。

「遭難か？」

「ええ。雪渓にザックが見えたと……遭難者がいるかもしれないと通報があって。山岳救助隊も合流する予定です」

「そりゃあ心強いな」

今はつくづく便利な時代だ。スマートフォンのGPSのおかげで遭難しても位置特定ができる。電波さえ繋《つな》がればスマホで連絡も可能だ。

「同行するか？」

一同の顔が明るくなった。

「頼みます。総一朗さんがついてきてくれれば心強いです」

私はすぐさま身支度を整えると、ザイルやピッケル、念のためにアイゼンをパッキングしたザックを四駆に放り込んだ。

私は運転をしながら、先ほどの記事の元となった事故を思い出していた。

当時、登山ブームが起こり、次々と難関と言われた山が制覇されていき、ルートが決定されていった。登れば大抵がパイオニアワークとして記録された。私は名前を残したかった。

そして四十年前、まだ大学生のころにK岳登頂を試みた。未知の山ではなかったが、冬山の洗礼を浴びた。

そこで数々の記録を残しているTさんと出会った。今から考えたら初心者とさして変わらない私に、Tさんはさぞや呆《あき》れたであろうが、快く雪洞の中に招き入れてくれた。

彼の物静かな風貌は今も克明に思い出すことができる。それがどうして……。

夏のK岳は緑が美しく、おそらく頂上付近は高山植物で賑《にぎ》わっているだろう。それにしても中高年の登山者が増えたものだ。運転席の後ろに座った長田君に声をかける。

「ねえ、長田君。ずいぶんとお年寄りが増えたよね」

「そうですね。俺たちも道迷いのレスキューによく駆り出されます」

「ご苦労さんなことだ」

「でも無事な顔を見られるとね、ほっとします」

「山頂はコマクサが綺麗かな」

　バックミラーの中で私と長田君の目が合った。

「……ええ。お客さんが昨日写真を見せてくれました。これ、ずいぶんと古いピッケルですね」

「ああ。学生時代から使っていて。今どきそんな直線の柄《え》なんて探そうと思ってもないだろう?」

「そうですね。時代を感じます」

　長田君は白い歯を見せて笑った。

　山をこよなく愛する長田君は、かつて私がレコード争いをしていたことなど知るまい。今は引退状態で、時々は山雑誌に寄稿する、かつて有名だった爺《じい》さんという認識だろうか。

　ブナの美しい森を抜け高度を上げていく。森林限界を過ぎたあたりで特別車両も乗り入れできなくなる。ここからは歩いて現場へ向かう。

三十分ほど歩いたころ、天空の花畑と称される美しいカールが近づいてきた。大きな底では例年だと雪が残り夏スキーを楽しむ人々で賑わうのだが、地球温暖化の影響か、今年はまったく雪がない。

「アイゼンまで持ってきたが要らなかったようだね」

「そうですね。どのあたりなんでしょう」

そう言いつつ長田君はあたりを見回しながらコースを歩いていく。

「あの人かな」

大きく手を振り回している人が見える。我々は足早に近づいていった。

「ご連絡をくださったのはあなたですか？」

全員を代表して長田君が尋ねる。中年の男性はうなずくと、「あそこなんです」と指をさした。

コースから外れた切り立った稜線の崖が始まるあたりに、人工の色が見える。私は双眼鏡で確認した。

「ザックかな。色褪《いろあ》せていてはっきりしないが」

「行ってみましょう」

私と長田君、山荘有志の面々がそちらへ向かって歩き出した。

「ザックですね。相当古いな。あ、あれか?」

長田君が駆け出すと、それにつられて全員が走った。私は最後をゆっくりと歩いていった。

……赤いヤッケに赤のオーバーズボンを穿《は》いたご遺体があった。

「ずいぶん古い装備だな」と誰かのつぶやきが聞こえた。「滑落かな」「うん。冬は稜線を一歩踏み外せば、な」そんな若者たちの声が聞こえる。そのとおりだった。警察が追いついてきた。

全員でご遺体を囲み合掌をする。発見者の男性も一緒に手を合わせていた。

「山行予定が狂ってしまいましたね」

私は男性に声をかけた。男性は神妙な面持ちで首を横に振った。

「ずいぶんと昔からここで眠っていたように見えます。家に帰らせてあげることができてよかった。僕の家はこのY県なので、ここにはいつでも来られますからね」

と小声で言った。

「見上げた心がけですな」

私は称賛の目で小柄な中年男性を見た。また、長田君と目が合った。

天空の花畑

「どうもご苦労様です」

と声をかけてきたのはY県警山岳救助隊のリーダー、長田氏である。引き締まった体軀《たいく》に浅黒い皮膚、穏やかな目を持った正義感の塊のようないい男だ。幾度か山岳救助も一緒に行った、知友といってよい間柄だ。

「ああ、長田さんも。ご苦労様です」

「ホトケさん、ずいぶん昔の装備みたいだけど」

私は長田氏の見解を聞きたかったが、その前に、

「長田さん、お願いします」

と若い救助隊員が声を上げた。警察が来れば救助は警察の領域になる。遺体は毛布とツェルトに包まれソリに固定された。踏み固められた登山道を観光客はこちらに気づいていないのか、楽しげに歩いていく。

「長田さん、これが」

若い救助隊員が古そうな——おそらくは硬く変化しているであろう——ビニール袋

を掲げた。中には……

「手帳ですね。山行手帳かな」

「ご家族のもとへ戻すものだからな。丁寧に扱えよ」

「はい」

山荘の長田君——彼もナガタだ。このあたりには多い名前なのかもしれない——がじっとその手元を見ていた。それから私のほうに近づいてきて、「身元が分かるといいですね」とポツリと言った。

「ご遺体を引き上げるたびにそう思うよ」

私は厳粛な顔つきで答えた。

巡りくる冬

バチンとストーブの薪《まき》が爆《は》ぜた。山の冬は早い。

つい数日前まで秋の陽光を透かして金色に輝いていたブナの林はほとんど葉を落とし、急に冷え込みが強くなった。それなのになぜか今日は暖かさを感じる。

「今日あたり雪が降るかもしれないな」

「そうですか。そういえばそんな気もするわね。積もるかしら」

妻は屈託なく答え、夕食の準備に余念がない。今日は山荘の長田君がやってくるのだ。ああ、やってきた。家の前が騒がしい。おや、何かゴンの吠え方がおかしい。

「ごめんください」

と声をかけて入ってきたのは、山荘の長田青年ではなく、山岳救助隊の長田氏と、連れの若い人であった。長田青年の姿はなかった。

私は同行を求められ、最寄りの警察署まで連れていかれた。山岳遭難で聞きたいことがあるということだった。

「先生、ご窮屈さまです。九月に見つかった、ほら先生にもご同行いただいた、赤のヤッケのホトケさんですが、身元が分かりましてね」

「そうですか。それはよかった。でもそれと私がここに呼ばれたことは関係があるのかね？　さっぱり分からんのだが」

「ホトケさんの名前は、緒方哲也《おがたてつや》。有名な登山家だった。ご存知でしょう。山をやる者なら誰でも知っているはずだ」

「もちろんですよ。K岳で遭難したとは聞いていましたが、あの人が。そうでしたか」

「山行手帳が見つかりましてね。遭難直前と思《おぼ》しき日に先生のお名前があったんです」

「……いや。覚えていないがね。私には関係のないことだ。そろそろ帰らせていただけないか。妻が心配している」

「ああ、すぐに終わりますから。もう少しお付き合いください。先生。おかしいんですよ。ご遺体の周囲を調べたのですがね——ああ、ご遺族に遺品を渡そうと思って、入念に調べるんですよ。おかげさまでY県警山岳救助隊の評判は上々で——そのようなお顔をなさらずに。おかけください」

立ち上がりかけていた私は、もう一度ソファに座り直した。

「ピッケルもコンロも発見されないんですよ。スコップまで。不思議だと思いませんか」

「分からんな。そんなことを言われても。不思議と言えば不思議。滑落の途中でどこかへ流されたとすれば当然、そうじゃないかね」

「厳冬期の山に何度も単独行をしていた緒方さんです。持っていなかったとは考えられない。ところでこの雑誌。先生も寄稿されておいでですね。エッセイを読ませていただきましたよ」

私は目の前がすっと翳《かげ》ったような気がした。

「先生は四十年前、単独でK岳に登られ、吹雪に遭遇した。そのときにTさんという方がご自身が設営した雪洞へ迎え入れてくれて、雪の中で一晩を過ごしたんですよね」

「そうだ。若かったからね。血気にはやって無茶をした。あの日は大変だった」

「スープを飲んでますね。山に持ち込むのは大抵が粉末スープだ。湯で溶いたはずですが」

「コンロで。コッフェルを使って雪を溶かして湯にする。このときもそうしたはずだ」

「ではコンロはあったのですね」

「でしょうな。スープを飲んでますからな」

「先生はコンロはお持ちですよね」

「ああ、もちろん持っている。ときどき壊れるが愛着があってね、現役を引退した今でも時折磨いては火を点けるよ」

「そうですか。おい」

長田は若い刑事に呼びかけると、若い刑事はすぐにふたつの品物を持ってきた。

「これは」

「奥様に承諾をいただいて借りてきました。ああ、押収ではありませんよ。お借りしてきたのです。お間違いなく。合理的な説明がつけばすぐにお返しします。こちらは先生ご愛用のピッケルです。先日も車の中にありましたね。よく手入れされて。フランスのS社の製品ですね。賢治《けんじ》が、ああ山荘の長田は私の息子なんですよ、あれが連絡をくれましてね。変わったピッケルがあった、と。S社製だがカタログなどでは見たことがないものだ、とね」

「それがどうしたというのかね」

私は不機嫌に尋ねた。

「この製品は特注品のようですね。シリアル番号が打ってあります」

柄の内側が指し示された。

「そうだったかもしれないな。昔のだから忘れていたが。何本もあるからね。とりわけ使いやすいから使っているんだが、そうか、特注品だったかな」

私は賢治君が、道具好きで研究熱心だったことを思い出した。あの子はいくつかの山岳メーカーのモニターもしていた。

「ずいぶんと細かい指示を出していたようですね。テレックスやら手紙やらでさんざんやり取りをしていたようで。いや、職人さんというのはすごいものです。覚えてましたよ。口うるさいオガタは元気なのか、ってね」

私は言葉を失った。まさかそんなことが。

「お顔の色が優れないようですね。おかしいですね、なぜあなたが緒方さんのピッケルを持っていらっしゃるのか、説明していただけませんか」

「貰《もら》ったんだ」

「ほう」

「あの日、緒方さんの雪洞に入れてもらった私は……」

若い刑事が側《そば》にあった事務机に座って筆記の用意を始めた。

「緒方さんの装備の厚さに目を瞠《みは》った。温かいスープまで振る舞われて。理想的な山男だったよ、緒方さんは」

長田は無言で続きを促した。

「翌日は晴れたが風が強く、何度も煽《あお》られた。見かねた緒方さんがピッケルを私に貸してくれたんだ。そして、緒方さんは……風に煽られて滑落してしまった」

「ホエーブスは？　これの裏にはオガタと書いてありますよ。マジックで書いたんでしょうね。まだ読めます。ホエーブスも貰ったんですか？」

私の目の前にコンロの底が突きつけられた。

「あなたは装備が欲しくなったんじゃないんですか？　緒方さんの装備は超一級品ばかりだ。見ているうちに欲しくなったあなたは、翌日外に出たとき、後ろから緒方さんを突き落とした。どうですか、この推理は」

「不愉快だな。人を殺人者呼ばわりするのはやめてもらおう。どこに証拠があるんだ」

「証拠ですか。ご遺体の後頭部に、いえ正確にいうと頭蓋に損傷がありましてね。え？　滑落時の傷じゃないかって。そうかもしれないしそうでないかもしれませんね。こちらのピッケルの形状と傷の形状を照合してみましょう」

「そんな……私が恩人を殺すはずないじゃないか。持っていてくれ……そうだ、持っていてくれと言われたんだ。装備が重ければコースレコードが遅くなるから……それで、そう、思い出した、彼は『一人でできないことも二人ならできる、持っていてくれ』そう言ったんだ」

不意に「逆張り」という言葉が浮かんだ。私は笑みを浮かべた。跳ね上がっていた心臓は穏やかなリズムを刻み始めた。

「もし、もし私が殺したとして、もう時効じゃないか。時効は十五年だろう？」

私の反論に長田は小さく笑った。

私の心臓がまた小さく飛び跳ね始めた。

「先生は時効の中断という言葉をご存知ですか」

「いや、知らないね」

「そうですか。時効の中断というのは」

長田刑事が説明を始めようとした。

「聞きたいわけではない。家に戻りたいんだがね」

「残念ですが、先生。先生は参考人から被疑者に身分が変わりましてね。お帰りいただくことはできなくなりました。雪も降ってきたことだし、もう少し私の話を聞いてください」

「その前に家に電話をして弁護士を、そうだ弁護士を呼んでくれ。そうしたらいくらでも聞こう」

「もちろんこの話が済んだら。この話は法律の話なのでね、先生に不利益になるわけではない。弁護士が介入したからといって法解釈が変わるわけでもないので。簡単なことなのでこのまま説明させていただきます」

「弁護士を呼ぶ気はないんだな」

私は低い声を出したが、長田刑事は一向に気に留めるふうもなく淡々と話を続けた。

「先生はお仕事で海外が長いですね。アメリカで二十年を過ごされている」

「そのとおりだ。金融業だったからな。当然そうなる」

「その期間、時効は進行しないんですよ」

「緒方さんが亡くなられたのが四十一年前の一九七七年なら、時効は十五年後の一九九二年には成立するはずでした」

「……」

「アメリカへいらっしゃったのは、いつでしたか。お話をうかがいましたね、以前」

「大学を卒業して三年目だったか。一九八一年からニューヨーク勤務になった」

「立派なものですね。そこから二十年の長きにわたりアメリカ内の支店を異動され順調に出世された……そうでしたね」

「そうだ。最後はニューヨークに戻って」

私がうなずくと長田の顔にまた少し笑みが浮かんだような気がした。

「であれば一九八一年から二〇〇一年まで時効は進まないのですよ。つまり二〇〇一年の時点であなたの時効の完成にはあと十二年が必要だった」

二〇〇一年は私にとって忘れられない年だ。九月十一日の同時多発テロ。現実とは思えない光景だった。この事件が契機となってニューヨークから会社が撤退し、自分も日本へ戻されたのだ。

「いい加減にしてくれないか。今は二〇一八年だ。仮に私が殺人犯でも二〇一二年には時効が完成しているはずだ」

ひとつも動揺しない長田を見つめながら私は声を大きくした。

「これは。先生とも思えないお言葉。ああ、でも無理ありません。アメリカからお帰りになったあと、すぐに退職された先生はこのK岳の山麓に山荘を構え、悠々自適の生活に入られた。情報に疎くなっても仕方のないことです」

「私とは思えない？　私にはとても目の前の君がいつもの君と同一人物とは思えないよ」

私は精一杯のあてつけを目の前の長田刑事に向けた。闊達《かったつ》で正義感に溢《あふ》れる人物は、その正義感の矛先を今、私に向けている。

「先生、二〇一〇年に法律の大改正がありましてね、殺人の時効はなくなったんですよ」

私は耳を疑った。殺人の時効がない……そんなバカな。

体中から力が抜けていくのが分かるがどうしようもない。

頭を抱え込んだ私の上にさらに長田刑事の言葉が降ってきた。

「緒方さんもこれで浮かばれるでしょう。緒方さんの手帳にはね、こう書いてあったんだ。『M大のエノキド君、来る。心強い。一人ではできないことも二人ならできる』ってね。……ああ、今夜の雪は積もりそうです。どうです、ゆっくり緒方さんのお話でもしましょうや」

探偵ごっこ

サヨコ

毎朝出社すると、まずはみんな、おはようの挨拶を交わしながらデスクのパソコンを立ち上げ、メールのチェックをする。

みんながだいたい同じタイミングで同じことをするものだから、フロアのあちこちでマウスをクリックするカチカチという音が響く。

職場の、ありふれたいつもの朝の光景だった。

件名には、優先順位に応じた【緊急】【至急】【重要】【要返信】などの語句のあと、用件が続く。

取引先からの社外メールも含め、個人的に回ってくるメールもあれば、一斉メールもある。

毎日けっこうな量だ。

それぞれがそれぞれの優先順位に合わせてメールを開いてゆく。

その朝は【超・緊急】と書かれた一斉メールがあった。
件名に用件は書かれていない。
ずいぶん大げさだ。
何かあったのだろうかと、真っ先にクリックした。
おそらく、そのメールを受け取った者は全員。
カチカチッ……

――本文――

『営業二課の上田《うえだ》信二《しんじ》係長は、総務のお局《つぼね》、木村紀子《きむらのりこ》と十年来の不適切な関係だ』
広いフロアに、ザワッと何とも言えないさざ波が立った。
マウスを持ったまま固まっている上田係長に、フロアのみんなの視線が集まった。
おそらく、総務では木村さんを相手に同じことが起きているだろう。
「う、う、嘘《うそ》だ!!　誰だ!!　こんなデマを飛ばす奴は!!」
係長が怒りで真っ赤になりながら、椅子を蹴り立てて立ち上がった。
その狼狽《うろた》えぶりが、かえってメールの信憑性《しんぴょうせい》を物語っている。

「最悪。この世の終わりってとこだな、係長」

先輩が隣の席でボソッと言った。

メールには、係長と木村さんがホテルから腕を組んで出てくるところを隠し撮りした写真が添付されていた。

「誰だと聞いてるんだ‼　名乗り出ろ‼」

フロアはシンと静まり返っている。

係長は犯人探しに躍起だが、送信元を特定したところで意味がない。

よほど特殊な部署でない限り、社内パソコンは誰でも触れる。

喚《わめ》き散らす係長以外、静まり返ったフロアに内線の音が響いた。

反射的に手を伸ばした女性社員が、電話に短く答えたあと、恐る恐る係長に言った。

「あ、あの、係長、部長から内線です……」


その日のうちに、係長は社内から姿を消した。

おそらく、総務の木村さんも。

ところが、【超・緊急】メールは翌日以降も続いたのである。

件名：【超・緊急】
――本文――
『営業二課の佐伯康史《さえきこうじ》部長は、秘書課の藤井加奈子《ふじいかなこ》をストーキングしている』
――本文――
『総務の新卒の加藤稔《かとうみのる》は、今朝、通勤電車の中で女子高生に迷惑行為した』
――本文――
『営業の大村俊介《おおむらしゅんすけ》は、妻への暴力がやめられず、全治三ヶ月の重傷を負わせた』
――本文――
『経理の長谷川千賀子《はせがわちかこ》は五年前から横領している』
送信元は社内のいずれかのパソコンだ。
送信されたパソコンは毎回毎回、フロアも違えば部署も違う。
しかもご丁寧なことに、証拠の写真や資料が必ず添付されていた。

よくも社内だけでこれほどの人がと感心するほど、メールが来るたび誰かの世界が終わっていく。

身に覚えのある愚か者は、次は自分かと戦々恐々としている。

平凡なモラリストは、スキャンダルを密《ひそ》かな楽しみにしていた。

そんなある日、二十階の役員フロアから専務が飛び降りた。

その日のメールには、専務が秘書のロッカーを漁っている写真が添付されていた。

専務には盗癖があったのである。

そして、その日を境に【超・緊急】メールはぴたりと収まった。

*

社内の犠牲者が十人になったところで、私はメールの配信をやめた。

これだから探偵ごっこは止められない。

私の遊びは、目についた者を気まぐれに尾行することから始まる。

大抵は空振りに終わったが、たまに大物を釣り上げることもある。

あの十人のように。

尾行を始めたら、最低でもひと月は続けると決めている。

バレたことは一度もない。

ドラマや小説の中の登場人物のように、一般人は尾行に気を配ったりなどしないものだ。

みんな驚くほど無防備に自分を晒《さら》しながら生きている。

またネタが溜《た》まったころを見計らってゲームを再開しよう。

ああ、今度は死なせないように気をつけなければ。

専務を自殺に追い込んだのは、さすがに少しやり過ぎたかなと反省している。

まぁ、次はうまくやるさ。

＊

私の前を歩く制服姿の女性社員が、何かを落としたのに気づいて思わず呼び止めた。

「あ、何か落とされましたよ」

品のいい有名ブランドのシルバーのブレスレットだった。

「ああ、すみません」

彼女は、戻ってきて私の手からブレスレットを受け取ると、こちらに目も合わさずにそそくさと去ってゆく。

渡辺百合子《わたなべゆりこ》　三十七歳　独身　人事部　勤続十七年。

典型的なお局様だ。

役職は係長だが、これ以上の出世は望めないだろう。

野暮ったくてもっさりした白髪交じりのボブカット。

くびれのない枕のような胴回りで、制服の縫い目が悲鳴を上げている。

ヘアスタイルやメイクに、手間と時間をかける気はないようだ。

そんな彼女に、そのブレスレットはいかにも不釣り合いで浮いている。

私は、彼女のそのアンバランスさに興味を持った。

次のターゲットは彼女に決めた。


その日から早速彼女の尾行を開始し、まもなく私は、彼女が曜日を定めず週に二回、決まって銀座に通っていることを突き止めた。

十階建てのその小さなオフィスビルは、会計事務所や美容院、清掃会社や名前だけでは何の会社かよく分からない雑多なオフィスが軒を連ねている。

それらしいカルチャースクールなどは入っていない。

その何の変哲もないビルで、私は毎回、それきり彼女を見失ってしまうのである。

＊

一階エントランスの二人の受付嬢が、目くばせしながら姿勢を正したのに気づいて、私はその視線の先を追った。

そこには、朝の挨拶をさわやかに交わす、長身のイケメンが出社してくるのが見えた。

島田《しまだ》正樹《まさき》　二十七歳　独身　企画部　勤続五年。

ニューヨーク支社から東京の本社に戻ってきたばかりの、社内きってのエリートだ。

上司の覚えもめでたく、だからといってそれを笠《かさ》に着て横暴な振る舞いをするわけでもなく、気さくで誰にでも平等で、まさに理想的なモテ男というわけだ。

役職はまだないが、それも時間の問題だろう。

わが社自慢の美人受付嬢が、彼の笑顔に色めきたっている。

実に気に食わない。


ところで、私の尾行は常に完璧というわけにはいかない。

本業はあくまで、この会社の社員だからだ。

そこで思いついたのが、超小型のＧＰＳ機能付きの発信機だ。

最近は、目ぼしいターゲットの持ち物には必ず仕込むようにしている。

できれば携帯電話が理想的だ。

スマートフォンなら、専用アプリがあるのでわざわざ発信機を買うまでもない。

仕込むのは骨が折れるが、絶対に不可能というわけではない。

あとはタブレットやスマホ、パソコンでその信号を追えばいい。

そうすれば、一度に何人も同時に追跡できるのも大きなメリットだ。

あとは、その信号が指し示す、一人一人の行動を細かく丁寧に分析するのだ。

人は、あちこち飛び回っているように見えて、必ず一定のパターンがある。

島田も例外ではない。

そのパターンの中に、なぜその時間のその場所に、彼がいるのか分からないものがあった。

デスクのパソコンを前に、思わずニンマリと口の端が吊《つ》り上がってしまう。

視線を感じて思わず目を上げると、前を通りかかった女性社員と目が合った。

意外そうな顔でこちらを見ている。

「へえ、楽しそうですね。何見てるんですかぁ？」

好奇心の浮かんだ目でこちらに近づいてくる。

「別に。さっさと会議の準備」

切り捨てるようにそう言うと、むっとしたように小さく「何よ」と言いながら行ってしまった。

内心胸を撫《な》で下ろしながら、追跡を私用のツールに切り替え、パソコンの履歴を慎重に削除した。

人の好奇心が危険なことは、私自身が一番よく知っている。

退勤後、ＧＰＳが示す場所を自分の目で直接確かめてみることにした。

果たして、私は彼について、ついに特ダネを摑《つか》んだ。

久々の大ネタに胸が高揚する。

好奇心を満たす喜びは何にも代えがたい。

渡辺百合子が、煙のように消えてしまったビルを見上げながら、私は途方に暮れていた。

＊

彼女がこのビルに入っていくのを確かに見たのに、出てきた気配がないのだ。

最初は、清掃業者で副業でもしているのかと思ったが、その様子はない。

もちろん、住んでいるわけではない。

そもそも、彼女の安月給で、銀座のど真ん中に部屋が借りられるとは思えない。

完全に見失ったと思った矢先に、答えはいきなり向こうからやってきた。

エレベーターから降りてきた細身の女が、私の前を通り過ぎようとして何かを落とした。

反射的に拾い上げると、見覚えのあるシルバーのブレスレットだった。

「あら、すみません、ありがとうございます」

そう言って手を差し出す女の手に、慌ててブレスレットを載せた。

渡辺百合子が持っていたものと同じものだった。

しかし彼女は、渡辺百合子とは対極にいる女だろう。

丁寧にセットされたヘアスタイルと、細身のドレスに身を包んだ彼女は、おそらく銀座のホステスだ。

その美しく華やかな笑顔は、嫌味のない自信にまぶしく輝いている。

外れたブレスレットを手首に巻いていると、続いて降りてきた着物の女が彼女に声をかけた。

「ゆりちゃん、待って。一緒に行こうよ」

「あら、ママ、今日は着物？　素敵ね」

「着付けが大変だけど、たまにはね」

おそらく彼女たちは、上階にある美容室でセットしているのだろう。

「あんたもさ、ＯＬなんか辞めちゃって、本格的にこの世界に飛び込んでみなさいよ。週二回じゃもったいないって。あんたならもっと稼げるわよ」

ドレスの女が苦笑する。

そして私を見て、思いついたようにバッグから名刺を取り出して差し出した。

淡い色の名刺には、店名と『ユリ』という名前だけが入っている。

源氏名というやつだろう。

「よかったら遊びにきてください。このブレス、あたしのお気に入りで一点ものの限定品なの。拾ってくださったお礼にサービスするわ」

私は、彼女の誘いを曖昧に誤魔化しながら、その後ろ姿を呆然《ぼうぜん》と見送った。

信じられないことに、女はあの渡辺百合子なのだ。

まるで別人だ。

女は怖い。

ともあれ、彼女が私に気づかなかったことに、ホッと胸を撫で下ろした。

*

件名：【超・緊急】

私はワクワクしながらメールを打っている。

半年ぶりだ。

『人事部の係長、渡辺百合子の副業は銀座のホステスだ』

守衛室のパソコンから、私は自分のクラウドにアクセスして、フォルダから証拠の写真をメールに添付しようとしていた。

そのとき、私のスマホの着信音が短く鳴った。

メールだ。

いいところを邪魔されてうっとうしいが、とりあえず中身を確認した。

見覚えのある件名が書かれていた。

件名：【超・緊急】

嫌な予感がする。

――本文――

見つけた。


メールには、守衛室のパソコンでメールを打つ私の後ろ姿の写真が添付されていた。

思わず後ろを振り返った。

「あ、あなたは……」

そこには、スマホをこちらに向けて、動画を撮影している渡辺百合子の姿があった。

絶句する私に、いつもの野暮ったいお局スタイルで彼女が笑っている。

「ああ、そのまま続けて続けて」

「化けたもんですね」

悔し紛れの嫌味をぶつけてみた。

「ウィッグつけて胴にバスタオル巻いてるだけよ」

彼女はしれっとそう言って笑った。

「うちの社員のあとつけ回して、社内にスキャンダルをバラ撒《ま》いているのが、社内きってのイケメンエリートの島田正樹君だったとはね」

「私は、今回あなたのことを知って、面白半分で前の暴露犯の真似《まね》をしただけですよ」

「しらばっくれても無駄よ」

彼女はおもむろに私に近づくと、首からかけているカード型の社員証を強引に奪った。

そして、小さなICチップを指して言った。

「これ、GPSなの。技術の進歩ってすごいわよね」

「⁉」

「驚いたわ。尾行が趣味の人間が、私以外にもいたとはね」

「まさか、まさかそんな……」

「なんであなたが私に興味を持ったのか知らないけど、あなたは社内でも目立つから、早々に私のターゲットだったの。だから、あなたの尾行にはすぐ気づいたわ。なのにあなたはホステス姿の私にちっとも気づかない。仕方がないからわざとブレスレットを落として気を惹くしかなかったじゃないの」

そう言って、彼女の目が意地悪に弧を描いた。

「あなたは、絶対に触れちゃいけない人間に触れたのよ」

今では、野暮ったいその姿からも透けて見える、彼女の美しい笑顔を、私は呆然と見つめた。

――いや、まだだ。

まだ私は終わらない。

「……あなたも、このことが会社に知られればただでは済まないはずだ」

「そう思う?」

さっきから、私のスマホが次々にメールの着信を告げている。

件名：【超・緊急】

――本文――

お前か。

――本文――

お前か。

――本文――

お前か。

……

……

腹の底に、何か冷たい塊が押し付けられたように全身に鳥肌が立った。

送り主はおそらく、私の暴露メールのせいで会社を追われた人々だ。

同時に、守衛室のパソコンにメール着信のアラームが鳴った。

私の目の前のパソコンも、【超・緊急】と書かれたメールを受信した。

おそらく、社内中のパソコンにもバラ撒かれたと思っていいだろう。

【超・緊急】
企画部　島田正樹こそが、暴露メールの犯人だ。

そして添付されていた写真に写っていたのは、あらゆる場所であらゆる人を尾行している私の姿だった。

極めつきは、メールを書いている私の動画だった。

私はゆっくり彼女を睨《にら》み付けた。

「おお、こわ」

目の前にいる野暮ったい女は、タオルで膨らませた偽りの太い胴を震わせて笑った。

「ゲームオーバーよ」

頭が真っ白になった。

訳の分からないことを叫んでいるのは私の声なのだろうか。

頭の隅で、ほんのわずかに冷静な私が考えている。

私の制御できない激しさは、勢いのままに彼女の細い首に摑みかかっていた。

ドンッと彼女の体が後ろの壁に激しくぶつかった。

「ううっ……」

彼女の顔が苦痛に歪《ゆが》むのを、うっとりと眺めていた次の瞬間、守衛室になだれ込んできた警備員たちによって、私は床にねじ伏せられていた。

彼女が激しく咳《せ》き込みながら、警備員に支えられて体勢を立て直した。

そして、床に押し付けられて、なすすべもなく這《は》いつくばる私に、氷のように冷たい彼女の声が降ってきた。

「いいこと教えてあげるわ。秘密の暴露は諸刃《もろは》の剣《つるぎ》なのよ。暴いた秘密が大きければ大きいほど、暴いた者も無傷ではいられないわ」

では何のために、あんたは人の秘密を追いかけるのだという質問を、私は永遠に飲み込んだ……。

姉は桜になりました。

桜雲めぢろ

一、思い出話

生まれて初めてその桜を目にした日の私はまだ女児だった。

たぶん七歳だか八歳ぐらいだったと思う。それでも風の強い夜は怖くて母や姉に添い寝を頼むこともあったし、まだまだ抱っこの温かさを恋しく感じることもある年ごろだったから、道端の草花なんかは私にとって摘み取って遊べるかわいらしくてカラフルなおもちゃに過ぎなかった。

もちろん四季折々の美景とか、そういういわゆる『移り変わりゆくもの』に情緒を感じたり愛《いと》しいと思えるような感性はまだ持ち合わせてはいなかった。

けれども、〝その桜〟に関してだけは別だった。

一目見たとたん、自分の目玉と桜とが釘で打たれたかのようになって、一ミリも視線を脇へ逸《そ》らせなくなってしまったのだ。

見にいったのが夜だったからなおのこと、魅力的に映ったのかもしれない。

それが何時何分だったかまではさすがに覚えていないけど、でも、玄関を出たときに体を撫《な》でていった冷たい夜風と、いくつもの星が瞬く真っ黒い空が物珍しく感じて、だいぶテンションが上がっていた覚えはあるから、けっこう遅い刻限だったと思う。

そしてそんな遅い時間帯でも、散歩がてらにちょっと花見に立ち寄ったという体《てい》の大人は何人もいた。私たち三人もそういう親子という形で周りの目には映っていただろうし、溶け込めていたと思う。

山と山に閉ざされた集落の中の一ヶ所にほとんどの村民が集まっている光景は、当時はもちろん今でもたびたび目にするし参加することもあるから、そんなに珍しいものにも思わない。

でもそのときは、そうやってみんなが寄り集まってただの一樹の桜に見とれているという様子は何かにとり憑《つ》かれているようで、幼心に気味が悪いと思っていた。

月光を反射するようにして〝発光〟している、満開の桜を見るまでは。

紫がかった薄ピンク色の花弁は、弱々しく村中を照らす淡い月の明かりの下で、見間違いではなく比喩表現でもなく、確かに――

確かに花びら一枚一枚が、きらりきらりと〝光っていた〟。

年に一度、夏の時季だけ遠くの町からやってくる露天商のおじさんが売っていたような、ピカピカ光る腕輪や冠のおもちゃを彷彿《ほうふつ》とさせる光り具合だった。

でも、ただ彷彿とさせるというだけで、ああいう夜光塗料の安っぽい光り方とは雲と泥ぐらいに違う。もっともっと自然美の溢《あふ》れる、静かで清楚《せいそ》な光り方だった。

一緒にいた二人に二、三度自分の名前を呼ばれなければ、もうずっとそのまま私は桜を見つめ続けていたと思う。そのころは自分がなぜそんな風になったのかよく分からなかったが、今になって思うに、あれがきっと俗に言う一目惚《ひとめぼ》れという感覚だったのだろう。

幼いながらに私が胸に抱いてきた感動とか、衝撃とか、その日そのとき、目にした光景の全ては、断片的で朧気《おぼろげ》な思い出の一つとなってしまったが、今でもあの一樹の桜に関してだけは、枝の先端から土を被った根っこの太さまで鮮明に思い描くことができる。

花屋にたくさん寄り集まっている花々なんか足元にも及ばない。

道端に咲くタンポポとか、よその家の花壇に咲く赤、白、黄色のチューリップとか、そういうありふれたものなんて比べ物にもならない。

上品さがあって。淑《しと》やかさがあって。

そして——

〝妖しい〟。

そう、妖しさがあった。

美しいとか綺麗《きれい》とか、そういう言葉だけでは言い表しきれない不思議なものを感じた。

枝から幹から蕾《つぼみ》から、いっぱいに身を開いた花弁の一つひとつから、匂い立つような妖しい艶《なま》めかしさがあの桜にはあった。

それが、〝贄桜《にえざくら》〟という名前の希少種であることを知ったのは、宿り主という役目を担うことになったらしい姉の、十八回目の誕生日の夜だった。

二、贄桜

贄桜は、ここ鬼根《きね》村でのみ発芽する大変貴重な桜木である。

平均的な樹齢は三年で、長くても五、六年で枯れてしまう非常に短命な桜だが、開花を迎えたときのたとえようのない美しさに虜《とりこ》になる人は多く、村民から強く愛されている。

花の色はさまざまあり、基本的には桃色や赤や橙色《だいだいいろ》などの暖色系に偏っているが、稀《まれ》に紫や青が少量混じることもある。

これは種を育てる役割を担った者の元々の性格や、育った環境、家族から受けた愛情、不安、恐怖などに強く影響されるがゆえの変化である。

また通常、植物の種はいずれも土中や水中などで育つが、贄桜の種は人が日々摂取するものと同じ種類と量の栄養が常に与えられる環境下でのみ根を張り成長していく。

贄桜の種にとっては、〝人〟の体を作っている骨肉や血液などに加えて、心に芽生えるさまざまな感情などが最高の栄養剤となる。

このことから、育ち盛りである十代の人間がより最適な〝宿り主〟として選――

「あ」

不意に、後ろから伸びてきた白い手に、ぱたんと本を閉じられた。

「早くお風呂入んなよ。お母さんに怒られるよ」

表紙に描かれた桜の絵を隠すように置かれた手の甲に、小さな滴がぴとんと落ちる。

本の閉じ方にあんまり勢いがあったから不機嫌なのかと思ったが、おずおず見上げた姉の顔はいつもと変わらず、横に垂らした毛先から頰《ほお》へと滴が伝おうが気にする素振りも見せなかった。

いつから部屋に入ってきていたのだろう。うちボロ家だから廊下を歩けば必ず床がキシキシ鳴くのに。ああでもそういえば、解説文を夢中で読み耽《ふけ》っている最中に戸の開閉音が聞こえたような覚えもある。日常的に聞いている生活音の一つだったから、特に興味を持とうとしなかった。

「もー、お姉ちゃんたら。まだ途中だったのに」

「あんた一日中その本読んでたじゃない。今日はそこまでにしておきな」

あんまり根詰め過ぎると体に悪いよと言いながら、姉は頰にはりついた毛を搔《か》き上げた。

長い黒髪はターバンみたいに頭に巻き付いたタオルの中にすっぽり収まっている。姉のことだから傷まないよう、うまく束ね上げているのだろう。

姉は卓袱台《ちゃぶだい》の前に座る私の手元から本をひょいと取り上げると、澄ました足取りで横を通って机に向かう。爽やかなボディソープの香りに混ざって、草の汁に似た青っぽい匂いがふわりと鼻を撫でていった。

「今日はったって、明日には返さないといけない本だからさあ」

「そのときにお願いしてまた借りてくればいいじゃない」

「次の人がもう予約してあるって言ってたから、たぶん無理だよ」

「なら、その人の次に予約を入れれば」

こちらがどれだけ食い下がっても、姉は涼しい声で即言葉を返してくる。

きっと、片側の耳から入ってきた情報が頭の中で適当に処理されるだけで、すぐにもう片側の耳から抜け出ていっているからだろう。

「別に今日中に読まなきゃ明日死んじゃうってわけでもないんだから」

奪い取った本を自分の机の上に置いて、姉はこちらにくるりと振り向いた。

傾いたタオルを微調整する十指は青白く、両手首も頼りないくらいほっそりして見える。

たぶんそう見えるのは、袖口が広い、ふこふこに膨らんだ冬用の花柄パジャマを着ているからだ。

そうでなければ、――種のせいか。

「ユリにはまだたっぷり時間があるでしょ」

姉は優しくくふりと微笑《ほほえ》むと、机から離れて私の側《そば》に歩み寄る。

そうしてか細い利き手をぺたりと私の頭に置くと、ふわりくしゃくしゃと撫でながら、

「楽しみをあとに取っておくっていうのもいいものだよ」

と、何だか変に年寄り臭いことを口にして、姉は部屋を出て扉を閉めた。

かちゃんという音が室内に響いたあとで、クッションの上に尻を乗せたまま姉の机の上を見る。

椅子の背が邪魔で見えづらかったが、分厚い図鑑は確かにまだそこにどんと置かれたままだ。

鍵付きの引き出しにも収まっていなければ、机に備え付けの本棚にさえ差し込まれていない。

(気になるなあ……)

育ち盛りである十代の人間がより最適な、最適な――

宿り主。その先。

その先さえ読めれば。

キリのいいところまで読み進めれば、たぶんスッキリして興味が失せる。

というか別に読むなって言われたわけじゃあないし。

根詰め過ぎると体に悪いなんて、ただの軽い忠告に過ぎない言葉を律儀に守る必要もない。

今はたぶん髪の毛を乾かしにいったのだと思う。読んでいる最中で姉が戻ってきたところで、頭ごなしに怒鳴られるほど悪いことをしようとしているわけでもない。

些細《ささい》なことで口諍《くちあらそ》いになるのは小さいころからよくあったことだ。

でも。

姉のあの顔は。声は。体は。

優しくて、寂しそうで、物言いたげな眼差しは。

か細くて、温かで、柔らかい手のひらの感触は——

明日を過ぎればあっという間に、幻となってしまうのだ。

〝いる〟ではなく〝いた〟になってしまう。

姉との交流がいくら記憶に残り続けようと、小さいころに見たあの桜と同じような、もう二度と直《じか》で見て触れて話すことのできない単なる思い出になってしまう。

喧嘩《けんか》別れなんてしたくはない。

あの桜が。

贅桜がどういうものなのか。

どういった過程であのように美しく育っていくものなのか。

一年前に、姉の身に担わされた宿り主という役割の、詳細は。

興味がないわけではない。けど――

「ユーリー。お母さんがお風呂入れだってー」

ぴちりと閉まった扉の向こうから、私の名を呼ぶ姉の声が聞こえてくる。

何でもない日々の中でよく耳にする言葉とちっとも変わらない、普段どおりの調子の声が耳に心にきゅうんと恋しく響いたとたん、私の興味は資料本からすっかり逸れた。

「今行くー」

姉か母かどちらかの耳に届くように声を張り上げて答えると、私は洋服箪笥《だんす》の引き出しを開けて寝間着の上下を畳に放った。

三、夜の会話

豆電球の明かりが真っ暗闇の部屋の天井付近を橙色に照らしている。

真下に敷いた二組の布団まで弱々しい明かりはぼんやり届いてはいるものの、それでも何かをするには暗過ぎる。

——眠くなるまで何かして暇を潰したい、けど。

仰向けに寝転がったまま、隣の布団でこちらに背を向ける格好で横になっている姉の様子をそっとうかがってみる。

掛け布団はかすかに規則正しく上下しているが、眠りについているのかそれともこれから眠ろうと目を瞑《つむ》っているだけなのかは分からない。

姉の机の上にはつい数時間前に取り上げられた資料本が、まだそのままの状態で置きっ放しになっている。もうこっそり読もうとは思わないけど、強引に中断させられたあとの、続きの文章がどうしても気になって仕方がない。

〝宿り主〟って何なんだろう。

贄桜の種はどこで育つのか。

姉が担った役割は——

「ユリ。起きてる?」

しんと静まり返った室内に、消え入るような姉のつぶやきがぽつんと響いた。

「起きてるよ」

もそもそと寝返りを打った姉が、私のほうに顔を向ける。

姉もどうやら寝そびれていたらしい。

姉に倣《なら》って自分もごろりと横を向く。

向き合う形になった私と姉は、なんとなく物言わず暫《しば》らく見つめ合った。

「――スズ姉」

先に静寂に耐え切れなくなったのは私のほうだった。

「いよいよ明日だね」

お母さんが言っていた日。

暗闇に半分溶け込んでいる姉の顔が、少し震えたように見えた。

目が慣れたとはいえ、やはりこれだけ暗いと表情筋の動きは分かりづらい。

けれど、「うん」という短い返事は確かに聞こえた。

「あんたと話すのも、今日が最後になるのね」

「ああ、明日朝早いんだっけ」

「そう。でも、儀式めいたことをするわけでもないから、あんたはお知らせ版に書いてあった時間に合わせて来るといいよ」

「でも、朝の挨拶ぐらいは交わせるでしょ？」

「交わせないわよ。私はこの一晩の間でもう〝人じゃなくなる〟んだから」

また暗闇がかすかに動いた。

やや強めに吹き出されたような、ふっ、という息の音も聞こえた気がする。

私がした質問がトンチンカン過ぎて笑ったのか、あるいは自分のことを笑ったのか。

「人じゃなくなるって」

「そのまんまよ。植物そのものになっちゃうの」

人としての意識はなくなるけど、死ぬわけでもない、ただ深く深く眠るだけ。

私の体も心も意識もみーんな種が吸収しちゃったからと姉はおどけて言った。

「種って、一年前の今ごろに呑《の》み込んだやつ？」

「そう」

姉に本を閉じられる前に読んでいたページに書いてあった解説文を思い返す。

小難しく書かれていたけれど、あれを分かりやすい単純な言葉に訳すと、姉が今発した言葉そのものになるんだろうなと思った。

「それは、どうして呑み込んだの？」

「どうしてって」

「宿り主だから？」

「分かってるんじゃない」

きょとんとした顔で突っ込んできた姉に、そうじゃなくてと慌てて手を振り、改めて聞き直す。

「その、宿り主っていうのがよく分からなくて」

「あんたはまだ分からないほうがいいと思うなあ」

けっこう残酷なことだからと返してきた姉の声音は、からかっているときのそれとはまったく異なる、比較的まじめなトーンだった。

「あの本だって、あんたが借りるにはまだ早いと思ってたのに」

「だから取り上げたの？」

「そうだけど」

こうなると意味はなかったかもねとひとりごちて、姉は短いため息をついた。

「――そうね。あんたももう中学に上がるんだし、今後は私の代わりにみんなのお手伝いとかしていかなきゃならなくなるものね」

宿り主ってのはさあと声が響くと同時に、暗闇が再び、今度は大きくのそりと揺れ動いた。

姉が半身を起こしたらしい。

何だか深刻な話になりそうな気がして、つられるように私も身を起こす。

「そんなに難しいものじゃあないのよ。あんたが借りてきた本は私も前に読んだことがある。大仰《おおぎょう》に書いてあるけど、要は、ええと、〝生贄《いけにえ》となる人間を一人選んで種を呑み込ませて体内で育ててもらう〟って、ただそれだけのことなの」

だから頭のよさとか技術とか全然関係ないみたいよと、まるで他人事《ひとごと》といった調子で姉は手短に説明を終わらせた。思っていたより深刻さのない、淡々とした解説だった。

「スズ姉は、その生贄っていうのに選ばれたってことになるの？」

「そういうことになるのかな」

宿り主と生贄とはまた意味が異なってくる気がするのだけれどとか何とか、姉は口の中でぶつぶつつぶやいていたが、まあいいや、という言葉だけ零《こぼ》して再び仰向けになった。

「ああ、そういえばあんた、あんまり神社に行かないもんね」

「だって行くような用事もないし、おみくじ引くぐらいしかすることないもの」

神社を毛嫌いしているというわけではなく、ただ単純に興味が湧かない、それだけだ。

贅桜自体と縁がないのもまあ仕方ないかと、姉は一人で何やら納得したようだ。

「まあ、これから頻繁に通うようになるわよきっと」

「嫌じゃないの？」

あの本の内容を読むに、そして姉の簡単な説明を聞くに、姉は今夜限りで人としての一生に幕を下ろすことになるはずだ。

「嫌って？」

「宿り主。嫌じゃないのかなあって」

母だって何十年も人生を謳歌《おうか》しているのに、どうしてまだ十数年しか生きていない姉が木にならなきゃいけないのだろう。

姉は仰向いて豆電球を見つめながら、ううんと低く呻《うな》って黙り込む。

「嫌じゃあないけど、気が進むってわけでもないなあ」

なぜだろう。

心の中で発せられたその疑問に答えられるほど聡明ではない私は、ただ、相槌《あいづち》も打たずに姉の次の言葉を待つ。

「――よく分からないや」

姉はそう言って欠伸《あくび》を一つした。

私はまだ目が冴《さ》えていて困っているというのに、狡《ずる》いことに姉はもう眠りに落ちそうな雰囲気だ。

それとも、それも種による症状なのだろうか。

「ただほら、贄桜様って、あんたが生まれる前からずっとこの村で育って枯れてを繰り返している桜だからさ」

絶やしちゃいけない大切なものなんだよ、きっと。

姉の言葉は、最後のほうは何だかむにゃむにゃ言っていてよく聞き取れなかった。

姉が口を閉じてから二秒と経《た》たずに、すうすうという寝息が耳に届く。

敷布に肘《ひじ》を付けた格好で姉の話を聞いていた私は、急に胸騒ぎがして、姉の布団に体を寄せた。

「スズ姉」

体を揺さぶって名を呼ぶも、姉はもう目を覚まさなかった。

一気に静まり返った室内は先ほどよりも闇が濃くなった気がした。

眠りについた姉を起こすすべはもうないということを察したとたん、心細さが胸一杯に湧いて怖くなったので、私は頭から布団を被って目を閉じた。

室内に差し込む光と雀《すずめ》の声にぼんやり目を開けて隣を見ると、人が一人抜け出たような痕跡だけ掛布に残して、姉の姿は消えていた。

四、開花

予定の時刻よりだいぶ早めに到着したにもかかわらず、村の最南端に位置する神社の境内には人がどわっと寄り集まっていた。

大人も子どもも関係ない。境内の一角の――去年の春まで柿色の花弁をいっぱいに開いていた桜の木が鎮座していた箇所の周りを、ぐるりと取り囲むようにして集まっている。

杭《くい》と縄で境界線が引かれた植樹スペースに、母と神主に付き添われながら、学校の制服を着た姉が静かに歩いて入っていった。その顔には昨晩まで見せていた笑顔も何もない。作り物とまったく変わらないような、無の表情だった。

彼女と血の繋《つな》がった妹である私は幾重もの人の輪の最前列へと誘導され、世話焼きな近所のおばさんに母の代わりか肩を抱かれて、どうにも逃げられない状況にいた。

見ていな、ユリちゃん。お姉ちゃんがこれから立派なお花を咲かせるからね。

よかったなあユリちゃん。私の姉さんは贄桜様の宿り主なんだって友達に自慢してやんな。

綺麗に咲くよぅ。嬉《うれ》しいねえ。

――でももうお姉ちゃんには会えないんだよ。

複雑な心境を言葉に換えて周りの大人に返してやることはできなかった。

近所のおばさんやおじさんが楽しそうに私に掛けてくる言葉には、悪気も嘘《うそ》もないのだ。

贅桜というものを愛し、その神秘なる開花姿を信仰しているからこその、この村独自の、独特な、唯一の考え方なのだから。

「さあ、始まった」

お母さん離れて離れて――神主のおじさんが母の腕を引っ張りながら、輪の最前列までずりずりと下がっていく。

糸をぴしりとまっすぐ張ったようなその声に背中をとんと叩《たた》かれて、胸の中で姉への思いをぐるぐる巡らせていた私は、弾かれたように顔を上げた。

姉は両腕を体にぴちりとくっつけて、両脚をきちんと揃《そろ》えて棒のように立っている。

でもその姿を目にした直後には、姉の体はぐにゃりと歪んで痙攣《けいれん》し始めた。

よろけて倒れそうになる上体を支えるべく、揃えられていた両脚が大きくがばりと開かれる。

脚を支えに踏ん張っているようにも見えるが、不安定で危なっかしい。

はらはらしながら見続けていると、膝丈のスカートの奥、両脚の付け根の間から

――


黒い木の根っこのようなものが、びゅるりと二、三本垂れ下がった。

姉の脚と同じ程度の太さの根っこが血や皮肉の破片を振り落としながらゆらゆら動く様子は、まるで人の腹から産み落とされようとしている大蛇のようだった。

そしてそれらの先端はようやく地面を探り当てると、土の柔らかさを確かめるようにぐりぐり動いて、蠢《うごめ》いて、さっそく土中へと頭を突っ込んだ。

股の間からじりじりと出てくる木の根はだんだん太くなっていき――やがて姉の胴体と同じ幅になるころには、一本の幹になっていた。

繊維が千切れる音を立てて、スカートもベストも下着も全てが一気に裂かれて落ちた。

姉の白いお腹は、太く大きく成長していく幹によって今にもはち切れんばかりに張っていた。

幹が高く伸びていくのに比例して、姉の体もめりめりと伸びていく。

限界まで開かれた姉の両脚も木の成長によってさらに引っ張られ、ついにはばきんと乾いた枝が折れるような音とともに胴体から離れていった。

両足の爪先から、か細い枝の先端のようなものが肉を破って突き出てきた。

そのうち幹から離れて落ちると思っていた両脚は、どうやら枝へと変わるらしい。

ぼとぼとと地に落ちてくるのは、姉が履いていた靴や着ていた制服や着けていた下着の残骸ばかり。

とうとう腹が縦に裂け始めたが、中に見えたのは黒々としたぶっとい幹ばかりで、胃袋も腸も何も見当たらなかった。たぶん、そういうものも全部養分として吸収されているのだろう。

まだまだ変化は終わっていない。むしろこれからまだ枝は生えるし、蕾だって芽生えていない。

つい昨日まで一緒に暮らしていた姉の体が、贄桜の種によって蝕《むしば》まれて、引き裂かれて、養分として吸収されていく。

こういうグロテスクな光景は私のような歳《とし》の女の子は見ちゃいけないんじゃないかという考えがふと頭を過《よぎ》った。が——そんな目の前の光景と、自分の目とが釘で打たれたかのように、視線を一ミリも脇へ逸らせない。

姉の体が一樹の木に変化していく様を、集まった村の人はみんな一言も口を利《き》かずに眺めていた。

隣に並んだ人の顔をこっそり横目で見てみると、驚きの色もなければ恐怖の色もなく、ただ見慣れた景色を見ているときと同じような顔つきで、私の姉の姿をぼんやりと自分の両目に映していた。

この人だけではない。たぶんみんなおんなじ顔をしているはず。

きっとみんな、新しい贄桜が開花する瞬間だけを待っている。

この光景に心が揺れ動いているのは、この歳になって初めて贄桜の成長を見ることになった私一人だけなのだと思うと、何だか自分が特別なように思えて少し胸が弾んだ。

下半身から変化し始めた姉の体は、やがて両腕も脚と同じように伸びて分かれて枝となり、先端から何股にも分かれて広がっていく。

姉の元の身長の何十倍にも背が伸びた幹のてっぺんには、姉の頭部だけが傷一つつかない綺麗な状態のまま残り――そして、各枝のあちらこちらから、小さな蕾がぷくりぷくりと生え出した。

泡が立つようにいっぺんに芽吹いていく蕾は、一滴だけ赤を垂らして薄く薄うく広げた白梅のような色をしていた。

――群衆が急にざわめき始める。

後ろに立っているおばさんの、私の肩を抱く手の力が心なしか強まった。

ほらほらユリちゃんっと、やや興奮気味に小さく叫ぶおばさんのリアクションがよく分からなくて返事ができなかったが、ひとまず目の前の光景を見続ける。

瞼《まぶた》をうっすら開いて、無表情のまま固まっていた姉が、おもむろに、かぱり、と口を開けた。

ご飯を頬張るときの大きさに開いたそこから――

ぽろんと、石ころのようなものが一粒零れ出た。

根本付近にころころと転がり落ちてきたそれは、くるみのように凸凹《でこぼこ》とした外形の、難なく呑み込める小さな飴玉《あめだま》サイズの種だった。

昨日途中まで読み進めた本の表紙に描かれていたものと寸分違《たが》わない。

一年前の誕生日の夜に姉が呑み込んだという種も、こんな形をしていたのだろうか。

こんなに小さいもの。

道端に転がる石と何ら変わらなく見える、何でもないような小さなものを。

姉は自分の体の中で、このときのためにずっと守り続けてきたのか。

〝このとき〟のために。

さわさわと風が吹く。微風《そよかぜ》が蕾を揺らし、蕾の吐息をあたりに運ぶ。

大きく育った木のてっぺんで、姉が、くふりと微笑んだ。

「――スズ姉っ」

姉の耳まで届くよう声を張り上げて名前を叫んだ、その刹那。

風に揺さぶられて震えていた蕾が、一斉にくわっと開花した。

花びらの一枚一枚がばさりばさりと開く音が、風に乗って運ばれてくる。

姉の白い顔はぐにゃりと歪み、眉間から突き出た枝が姉の顔を引き裂きながら二股に分かれて左右に広がっていく。

白梅色の蕾は、身を開いて風を受けた先からさらさらと色を変えていき――

そうして、そうして姉はあっという間に、真っ青な花を満開に咲かせた、一樹の贇桜と成り果てた。

ちょっと間を置いてから、集まっていた大人たちがみんな揃って歓声を上げた。

よかったねえ綺麗に咲いたよおと涙声で私の肩をばんばん叩いてくるおばさんに何度も首を振って応答しながら、それでもまだ私の両目は贇桜に釘付けになったままだった。

今回は青かあ、こりゃ綺麗だ、とか、スズちゃん大人っぽい性格してたもんなあ、とか、上品な咲き方だったねえ、とか、去年の色よりは地味だな、とか、とにかくいろいろな声と感想が、やかましいぐらいに耳を通して頭の中に入ってきた。

姉が咲かせた青い花は、確かにとても綺麗だった。

大人しくて、滅多に声を荒らげない、心配性で家族思いの、まさに姉らしい物静かな色。

五年だか四年だか前に生まれて初めて見た贅桜のように、この青い花びらも夜になると何色かに光るのだろうか。

私の発した声は、姉に届いたのだろうか。

あれこれ話して盛り上がっている周りの大人たちの声が遠く小さくなっていく。

風に運ばれて漂ってきた花の残り香を鼻腔《びこう》いっぱいに吸い込んでみる。

甘く芳《かん》ばしい香りに混ざって、爽やかなボディソープの匂いがした。

花嫁の新しい彼氏

彩月志帆

結婚式

「へぇ、この人が、美織《みおり》の新しい彼氏なんだぁって思いました」

その一言が、違和感の始まりだった。

だって結婚式のスピーチである。

小春日和の一軒家レストラン。

私は職場の後輩の結婚式に参列していた。

いや、正確には、結婚式は先ほど隣のチャペルで行われ、今は披露宴の最中だ。

後輩の渡辺《わたなべ》は、光沢のあるグレーのフロックコートを着て、美しい花嫁の隣で微笑《ほほえ》んでいる。

マイクを持つのは、司会から「ご新婦さまの高校時代からのご友人」と紹介された、ぽっちゃりとした若い女性だった。

みんなその言葉が気にならないのだろうか。

あからさまにキョロキョロするわけにはいかないが、見える範囲で見渡すと、招待客たちは一様に微笑みを浮かべて彼女の話に耳を傾けていた。

紅《あか》く光る口唇を綺麗《きれい》な弓形にしならせ、花嫁も微笑みながら聞いている。

はじめ私は、友人代表の彼女が、実は新婦に悪意を抱いて、それをこの晴れの日にさりげなく漏らしているのかと訝《いぶか》った。

ウェディングのスタッフは、自分たちと新郎新婦が準備するものには厳しい目を光らせただろう。

私自身の結婚式のとき、両親への感謝の手紙の内容まで添削されたことに驚いた。

彼らは「お聞きになったお客さまのどなたかが不快に思われる可能性がある」言い回しを、プロの目で排除する。

それでも、来賓のスピーチまでは事前にチェックできない。

壁を背にして立つ黒服のスタッフは、訓練された表情筋で隙《すき》のない笑顔を見せているが、内心「あちゃー」と思っているに違いない。

花嫁は女優の卵だというから、スピーチの行間に友人の悪意を感じ取っても、内心の不快感を隠して最高の笑顔を持続するのも造作ないことだろう。

新婦の友人に、「新しい彼氏」と言われ、今は新郎として高砂《たかさご》に座る渡辺は、お愛想なのか苦笑いなのか、貼りついたような笑みを浮かべている。

「今までの彼氏さんとは違うタイプだけど、優しそうな人だなぁって思いました」

ぽっちゃりした彼女はにこにこと笑いながら、初めて会ったときの渡辺の印象をそう話した。

人を評価する際、「優しそう」という印象は、外見に褒めるべきところが見当たらないときに便利な言葉だ。

渡辺はうちの稼ぎ頭で得意先からの信頼も厚い好青年だが、いわゆるイケメンではない。美女と野獣とまでは言わないまでも、外見だけで判断すれば、高砂に並ぶ二人は確かにお似合いとは言いがたい。

友人代表の前にスピーチした、新婦の所属事務所の副社長という男も、新郎の渡辺を、美女を射止めた平凡な男として揶揄《やゆ》し、「こんなことになるなら、私もダメもとでアタックするべきでした！」と言って会場の笑いを取っていた。

「美織、幸せになってね」

そんな温かい言葉で締めくくり、友人代表のスピーチは終わった。彼女は五分ほどのスピーチの中で、「新しい彼氏」という言葉を三回も使った。

ぱちぱちと彼女への拍手が送られる中、美しい花嫁は、「さっちゃん、ありがとう！」とマイクを通さずに満面の笑みで礼の言葉を投げた。

悪意があるのは花嫁のほうかもしれない。

ふと、そう思った。

私は後輩の妻となる女性の横顔を見ながら、一ヶ月前に渡辺が漏らした弱音を思い出していた。

マリッジブルー

「勘違いだったんです」

仕事帰りに寄ったチェーンの居酒屋で、二人席の向かいに座った渡辺は、泣き笑いのような顔で言った。

「勘違いって、何が？」

「初めから、全部です」

渡辺はジョッキの生ビールをごくごくと飲んでから、大きなため息をつく。

私はこの日、相談したいことがあると言われ、後輩とともに居酒屋の暖簾《のれん》をくぐった。

一ヶ月後に控えた彼の結婚式には出席の返信をし、祝儀袋もすでに用意していた。

渡辺はいわゆるできちゃった婚であった。最近は授かり婚と呼ぶらしい。

私たちは一応業界と呼ばれる世界で仕事をしており、ドラマや映画の撮影現場によく出入りしている。渡辺はある現場で知り合った女優の卵といい仲になり、子宝に恵まれてスピード婚の運びになったと聞いていた。

順序が逆になったとはいえ、めでたいことには変わりない。

職場の人間は仕事一筋で女っ気のない渡辺のことを密《ひそ》かに案じていたから、突然の祝い事をみんな我がことのように喜んだ。渡辺自身も、照れつつも嬉《うれ》しそうだった。

それなのに――

目の前で項垂《うなだ》れる彼は、美人妻との結婚を翌月に控えた幸せな男には見えなかった。

「彼女、俺のこと、Pと勘違いしてたんです……」

Pとはプロデューサーのことだ。

あのシリーズだな、と私はすぐに思い当たった。何年も続いている子ども向けの特撮番組で、Pの名前が渡辺のフルネームと一字違いなのだ。スタッフはみんなそれを知っているから、それをネタに渡辺をからかうのが現場の潤滑油《じゅんかつゆ》になっていた。

「渡辺P、このシーンのリテイク午後イチで入れますね」

「渡辺P、お弁当買ってきましょうか?」

いつものことなのであえて誰も突っ込まない。ただ、そのやり取りだけを切り取ってみれば、渡辺のことを本物のプロデューサーだと思ってしまうのも無理はなかった。渡辺の彼女は女優の卵で、あるとき事務所の先輩女優について現場に来ていたらしい。

彼女が渡辺にアプローチしたのは、業界で権力を持つプロデューサーと間違えた挙げ句のことだったのだろう。

「子どもができたっていうのも、彼女の勘違いだったんです。でもそれが分かったのは、結婚を決めたあとで……」

妊娠初期にそれと気づけるのは、その体に命を宿す母親だけだ。渡辺のように実直な青年なら、疑うことなく彼女の言うことを信じただろう。

「命の、話だから」

当時の決意を思い出したように、渡辺はまっすぐな目でつぶやいた。

「結婚して、彼女と一緒に、子どもを育てていこうと思ったんです。びっくりしたけど……やっぱり、嬉しくて。だから、勘違いだったたって聞いたときは、ショックでした」

「そう……だろうなぁ」

「でも、それを理由に、結婚をやめようとか思ったわけじゃないんです。もう、お互い家族にも紹介して、式場も予約したあとだったし……」

授かり婚の結婚準備は駆け足だ。私自身もそうだったからよく分かる。

とにかくお腹が目立つ前に全てを済ませなければならない。双方の家族への挨拶、式場と新婚旅行の予約に、休日ごとに行われる式場との打ち合わせ。

その合間に、指輪やドレス、引き出物、新居、その他諸々《もろもろ》の決定、契約、支払いに追われる。

私の場合、結婚が決まってから挙式までの四ヶ月間、一日たりともゆっくり休めなかった。

猛スピードで走り始めてから、実は妊娠は勘違いでしたと言われても、もうその勢いは止められないだろう。

「先月、彼女と一緒に不動産屋に行ったんです。そこで、源泉徴収票を出したら、それ見た彼女がすごい取り乱して、その場で大喧嘩《おおげんか》になっちゃったんです。いや喧嘩っていうか、一方的にいろいろ言われたんですけどね……」

渡辺は稼ぎ頭とはいえ、うちの業界の年収は決して高くない。渡辺のことをプロデューサーだと思い込んでいた彼女は、源泉徴収票を見て初めて自分の勘違いに気づいたのだろう。

「いろいろって？」

「まぁ、なんか……ひどいとか、騙されたとか……そういうことを……」

渡辺はうつむいて、首の後ろをガリガリと掻《か》いた。

その日以来、彼女は手のひらを返したかのように冷たくなり、メッセージの返事はおざなり、会ってもほとんど会話もないという。

会う、というのは、約束して二人きりで会う、いわゆるデートではなく、式場との打ち合わせで顔を合わせるだけだ。

「彼女がそんな態度なので、俺、一回ちゃんと話したほうがいいと思って、一応、謝ったんです。俺のほうには騙すつもりはなかったけど、結果的に傷つけたのならごめんって。それで、もし結婚やめたいなら、破談にしてもいいって言ったんですけど……」

彼女は激昂《げっこう》した。

今さらそんな恥ずかしい真似《まね》ができるか、もう親戚にも友達にも招待状を出しているのに、あんたはあたしを笑い者にするつもりなのかと、街中のカフェで怒鳴り散らした。

彼女には破談にする意思はないらしい。

でもそれは、結婚直前の破談を恥と思い、それを嫌がっているだけの話だ。

「本当にこのまま彼女と結婚していいのか、俺、自信がないんです……」

背中を丸めてテーブルに額をつけた渡辺に、私はなんと言ってやればいいのか分からなかった。

詳しい話を聞かずに、ただ結婚が不安だと言われたのなら、そんなのはただのマリッジブルーだ、誰でもなるもんだからと笑い飛ばしてやれたのに。

「迷ってるのに、時間はどんどん経《た》って、式の打ち合わせも着々と進んでいく。彼女とは、二人で話したり一緒に過ごしたりとか、全然できてないのにですよ？　これって、本当にこれでよかったのか、なんか俺、分かんなくなっちゃって……」

身長百八十センチの渡辺が、ひどく小さく見えた。

茶番

私はあのとき、とりあえず結婚してみてもいいんじゃない、と渡辺に言った。一度結婚したら別れられないってわけじゃないんだし、もしかしたら彼女だってマリッジブルーで不安定になっているのかもしれない、結婚して一緒に住んで、バタバタが落ち着いたら案外穏やかに暮らせたりするかもよ、と。

渡辺はあごがボコボコになるほど口をへの字に歪《ゆが》めて、

「そうですね」

と言った。

あのときの泣きそうな不安を、彼はどのように処理したのだろう。今日までの一ヶ月で、彼女とちゃんと話をする機会はあったのだろうか。

それとも、爆走するトロッコに乗せられたまま、飛び降りることも彼女と手を取り合うこともできずに、今日という日を迎えてしまったのだろうか。

新郎の従兄《いとこ》だという男性のスピーチは、とてもよかった。渡辺が小さいころからどんなに優しい子だったか、ユーモアを交えていくつかのエピソードを紹介し、会場は温かい笑いに包まれた。

祝いの席で笑いを取るというのはこういうことだと、花嫁の上司とやらに言ってやりたい気分だった。

その後に披露された新婦友人有志による余興が、またひどかった。

いばら姫を模した「みおり姫」という寸劇で、王子役の男はずっと後ろ姿で顔を見せない演出だった。目覚めたみおり姫が王子の容姿にショックを受け、再びばたんと倒れると、「そんなぁ～」と情けない声を上げて会場に振り向いた王子が顔につけていたのは、渡辺の写真だった。

花嫁は腹を抱えんばかりに笑っていた。隣の渡辺もずっと、貼りついたような笑顔で余興を見ていた。

私の座っている円卓の者は、誰も笑っていなかった。皆渡辺の仕事仲間だ。きっと、間違いなく、新郎の家族席の人たちも笑ってはいないだろう。

ディスるにもほどがある。

悪意があるのは花嫁だ。私は確信した。

彼女は自分の結婚相手である渡辺のことを、事務所や友人の前で口を極めて卑下しているに違いない。そうでなければ、こんな披露宴にはならないだろう。

彼女がどういうつもりでいるのか、私にはまったく分からなかった。自分の結婚式なのに、夫となる男を笑い者にして何が楽しいのか。

自分の美しさを見せびらかし、ブサイクな男と結婚してやるのだと強調するのが今日の目的なのだろうか。

私は椅子を蹴り倒して立ち去りたい衝動をグッと抑えた。

どんなに腹立たしくても、新郎の渡辺が耐えている以上、ゲストの私がそれをぶちまけるわけにはいかない。


余興が終わり、プログラムは両親への手紙と花束の贈呈に移った。

最近の流行《はや》りなのか、手紙は自分の両親へ、花束は相手の両親へ贈ることが、司会によって紹介された。

新郎新婦はそれぞれ席を立ち、末席に据えられた家族席まで足を運ぶ。

新婦が付き人にドレスの裾を直してもらいながら会場の中央付近まで進んだとき、突然会場に大きな声が響いた。

「十二時十七分、南西の方角に未確認生物を発見しました‼」

伸びのある低い声。

私は驚いて振り向いた。

声を上げたのは渡辺だった。

会場はしんとなり、手紙朗読用にしんみりしたBGMが流れていたことに初めて気づく。

新婦もぽかんとした顔で、夫を振り返っていた。

「繰り返します！　十二時十七分、南西の方角に未確認生物を発見しました！　どうぞ！」

会場の注目を浴びながら、フロックコート姿の渡辺は、口の前に掲げた腕時計に滑《かっ》舌《ぜつ》のいい報告を繰り返した。

真剣そのものの顔で、視線は南西にあるレストランの庭を凝視している。

会場の人たちは、その迫力に思わず庭を見やる。もちろんそこに未確認生物などいない。

「報告します！　北北東に未確認飛行物体を発見！　目視できる範囲まで接近しています！」

突然、私の向かいの席の夕森《ゆうもり》が叫んで立ち上がった。渡辺と同じように腕時計を口に当て、目を見開いて北北東の上空を見ている。

会場の視線が、ハッとしたように夕森のそれを追った。北北東はレストランの壁だ。飛行物体が見えるはずがない。壁の一点に集まった視線が戸惑いながらばらけるとすぐに、新郎の家族席から一人の青年が立ち上がった。

「未確認生物、ゆっくりとこちらに接近しています！　距離四十メートル！　隊長！　指示をお願いします‼」

初めて見る正装。長身でがっしりした体軀《たいく》の彼は、新郎の弟の孝太郎《こうたろう》だ。兄を慕って同じ道に進んだ彼は、もしかしたらこの会場にいる他の誰よりも、今腹を立てているかもしれない。

私の足元から頭の先まで、痺《しび》れるような興奮が駆け上がった。

「渡辺隊員！　未確認生物から目を離すな！　未確認飛行物体はすでに本部迎撃レーダーが捕捉した！　夕森、孝太郎両隊員は、会場にいる一般人の退避誘導を優先せよ！　他の四名で未確認生物の侵入を阻止する！」

私が腕時計に叫ぶと、同じテーブルの者が全員一斉に立ち上がった。

「了解‼」

お調子者の夏目《なつめ》が庭の外に駆け出そうとして、掃き出し窓の手前で後ろ向きに飛んだ。

「おおおあっ！」

テーブルの間の通路に仰向けに倒れ、レストランの床を三メートルも滑った。演出としてはテーブルの上に倒れて皿やグラスが飛ぶほうが派手だが、恐ろしい賠償額になるだろう。

夏目のとっさの判断に、内心で苦笑した。もちろん、顔には緊迫した表情を貼りつけたままだ。

「夏目さん！」

駆け寄った渡辺は夏目を助け起こすと、「くそぉっ」とつぶやいて庭のほうを睨《にら》んだ。

渡辺は突然振り返ると、硬い表情で花嫁に駆け寄った。

会場の注目が二人に集まる。

「美織さん、君を愛していた。でも僕は、君とともに生きることはできない。どうか他の誰かと、幸せになってほしい」

私は渡辺の真剣な横顔を見つめた。花嫁は美しい顔を歪め、金魚のように口をパクパクさせていた。

「皆さん、ここは危険です！　この部屋には悪意が充満している！　奴らは悪意をエサにする宇宙生物です！　隊員の指示に従って、速やかに避難してください！」

私は右手を大きく振り、声を張った。

「大変だ！　みんな逃げなきゃ！」

そう言って、隣のテーブルから若い男が立ち上がった。新郎の友人席だ。言葉はほとんど棒読みだが、茶番に付き合ってくれようとする心意気がありがたかった。

渡辺は花嫁を背中に隠すように立ち、短い助走を取ると窓に向かって跳んだ。私たちのテーブルに一度足をつくと、それを蹴って開いた窓から弾丸のように庭に飛び出した。

芝生の上でひらりと身を翻した彼が、フロックコートの裾をはためかせて美しく着地する姿に、会場の誰もが目を奪われた。

あちこちで感嘆のため息が漏れる。

「すごーい！」という甲高い子どもの声が響いた。

誰にでもできることではない。

体操のオリンピック候補にまでなった渡辺の、鍛え上げられたしなやかな肉体だからこそできる、華麗なアクションだ。

我々は、特撮やドラマのスタントシーンを専門に活躍するスーツアクターだ。事務所には、香港映画界の大スターのパネルが飾られている。

スタントだけでなく、演技指導も受けている私たちは、余興の三文芝居との違いを見せつけてやらねばならない。

「総員、渡辺隊員に続け！　未確認生物を外へ誘い出し、このレストランへの侵入を阻止するぞ！」

「了解！」

今は啞然《あぜん》としているスタッフたちも、長引けばさすがに咎《とが》めてくるだろう。

私は後輩たちを連れて、青々とした芝生の庭からレストランの外へと走り出た。

エール

私たちはレストラン近くの公園に集まった。

レンタル衣装の渡辺と、三十代なのに年長扱いされた私はベンチに。他の者たちはスーツの尻が汚れるのも厭《いと》わず、土や芝生の地面に車座に腰を下ろす。

みんな、晴れ晴れとした顔だった。

渡辺もすでに悩みは晴れたのか、作り物でない笑みを浮かべていた。

「皆さん、今日はありがとうございました」

渡辺が立ち上がって頭を下げた。

「いやぁ、ある意味貴重な経験だったわ」

夏目がニヤニヤ笑いながら応える。

「夕森さんなんか、途中からめっちゃ青筋ピクピクさしてさぁ。渡辺が叫んだとき、水を得た魚って感じでノリノリに続くから、マジ笑い堪《こら》えたわ」

「お前に言われたくないよ。一番ノッてたのはお前だろ。得意のバク宙、披露できなくて残念だったな」

言葉は乱暴だが、試合を終えたチームメイトのような温かい連帯感に、仲間の顔が綻《ほころ》ぶ。

「孝太郎も、ありがとう」

渡辺が目を細めると、弟は不貞腐《ふてくさ》れたようにまだ幼い唇を尖らせた。

「俺だってすごい堪えたよ、いろんな意味で。……でも、兄貴が自分でぶっ壊してくれて、よかった……」

「これからが大変だけどな」

そう言って苦笑しながらも、渡辺の顔は晴れやかだ。


現実はドラマのようにいかない。

渡辺にも花嫁にもこれからの人生があり、私たちとてこのあと、荷物を取りにレストランには戻らなければならないのだ。

どんな「その後」が待ち受けているのか、想像するだけで恐ろしい。

でも。

人生はその後もずっと続いていく。

渡辺が、これからの人生をあんな女性とともに過ごすことにならなくてよかった。

これでよかったのかと自問しながら、愛されない日々に神経をすり減らす人生にならなくてよかった。

私は隣に座る渡辺の横顔を見た。

彼はまだ若い。

これからもたくさんの出会いと別れがあるだろう。

あんな女性より、もっとふさわしい相手に、きっと出会えるはずだ。
渡辺のこれからの人生が、幸せなものであるように。
私はその大きな背中に、バンと一発、手のひらで活を入れた。

最後のチャンス

五丁目光佑

カツカツ……

カツカツ……

底冷えのする長い廊下に、今日はいつもより靴音が響く。次第に大きくなってくるその音、近づいてくる。

心拍が早まり、呼吸が苦しくなる。乾いた靴音が鼓膜を通して俺の頭を叩《たた》き割るようだ。

堪《たま》らず俺は祈る。いつもそうだ。この靴音が通り過ぎますように。まだ生き長らえられますように。

カツカツ、カツカツ、カツカツカツカツカツカツカツカツカツ……

ああ、

今日も生き長らえた。

　こうしてその日を待つのも罰のうちなのだろう。早く楽になりたいなどと捨て鉢になることもあるが、やはり、俺が死ぬのは理不尽だ。

　どこかで独房の扉の開く音がした。俺は再び耳を澄ます。粛然《しゅくぜん》として聞き入る冷たい靴音に混じる、乱れた足音。

　そいつはもう、帰ってはこないのだろう。

　魔の午前。今日は金曜。さすがの俺も分かってきた。土日に刑の執行はない。だから、今日助かれば、少なくとも明日明後日は生きていられるということだ。

　それでも刑が確定した以上、いつかは執行される。俺の命はもはや、顔も知らぬ法務大臣とやらのハンコ一つなのだ。

　疲れた。弁護士は最後まで諦めるなと言ってくれていたが、もういい。判決は覆らない。

　それでも、真犯人がどこかで笑っていやがるのかと思うと、煩悶《はんもん》してやり切れない。俺の死はそいつの安寧《あんねい》のためにあるとでもいうのか？

　俺は、あの家族を殺していない。それこそが、真実だ。

＊

事件はクリスマスイブの夜に起きた。

第一発見者は隣家の男性だ。

クリスマスイブにはどの家庭も大なり小なりパーティのようなことをする。その夜は聖夜にふさわしく、午後から雪が降り続いていた。天使の羽根のような雪は夜半まで降り積もり、人々を眠らせた。

隣家の男性が夕食時に飲んだ酒から覚めてトイレに起きたのは深夜一時ごろのこと。トイレの窓越しに赤い明かりを見た。同時にパチパチと爆《は》ぜる音が聞こえたため、窓を開けてみて、隣家が燃えていることに気づいたという。

消防車が出動し、どうにか火は近隣に燃え移る前に消し止められた。焼け跡からはその家の家族、若い夫婦と幼い二人の子どもの焼死体が発見された。

しかし、その焼死体が火事による死ではなく、殺されていたと判明したところから、事件は大きく動いた。

四人には致命傷となる刺し傷があった。すなわちこれは殺人事件であり、犯人は家族を刺し殺したあと、証拠隠滅《いんめつ》を図って放火したのだ。

事件から二週間が経過したころ、俺は事件の重要参考人として任意同行を求められた。そしてそれ以来、俺の無実が証明されることはなかった。

確かに俺は、その家族と面識はあった。仕事上のトラブルで喧嘩《けんか》にはなったけど、殺してやろうと思うほど恨んではいなかった。

現場近辺の雪の上にあった足跡と俺の靴底が一致すると刑事たちは言ったが、同じ靴ならそれこそいくらでもあるだろう。

俺には家族がいない。一人暮らしゆえに、アリバイだってなかった。その上、俺は高校のころから不良だった。

だからって、俺は、やっていない。

俺に下された判決は、死刑だった。

日本の判例では、二人殺せば死刑になる。今回の場合、幼い子どもを含めた家族四人を惨殺、その後放火、しかも幸せなはずのクリスマスイブの犯行ということで、残忍極まりなく情状酌量《じようじようしやくりよう》の余地なしと断罪されたわけだ。

俺はもちろん、弁護士を通じて控訴《こうそ》した。しかし次々と棄却され、死刑は確定した。

思えば、なぜあの取り調べのとき、刑事たちの威圧に負けてサインしてしまったのか。なぜ、やってもいない罪を認めてしまったのか。今となっては悔やんでも悔やみ切れない。

いや。俺は高校のころはかなりやんちゃをした。そのころの罰を今さら受けることになったのかもしれないが、死刑は重過ぎる。そもそも、やってもいない罪で裁かれているのだ。

弁護士が「必ず無罪を勝ち取りましょう！」と言ってくれたのははじめのうちだけだ。不利な証拠で追い詰められるたびに弁護士の士気は目に見えて消沈《しょうちん》していった。挙げ句の果てに「精神鑑定で行きましょう」とまで言われた。それは、俺の無罪を信用していないということだろう。

精神鑑定が無駄なことは、俺自身が一番よく知っている。それでも俺は情緒不安定を装ってみたが、あっけなくそれも見破られた。

俺は刑務所ではなく、拘置所に収監されて、この三畳の死刑房で一生を終えることになるのだ。

いったいどれくらいの月日が経《た》ったのか。何もかも諦めた俺は、ただ、死刑の執行される日を待つだけの、ただだらだらと生かされているだけの存在となった。

本当にやっていたなら、懺悔《ざんげ》の日々というのもあったのだろう。しかし俺にあるのは、圧倒的な無力感と、神の助けという奇跡を待つ、ほんのほんのわずかな、希望とすら言えない祈りだけだ。

ほぼ毎日、午前中は刑務官たちの足音に怯《おび》える。どうか俺の独房の前を通り過ぎてくれ。俺のところで止まらないでくれ。

無意識のうちに口の中でお経を唱えるようになった。俺を見捨てた神が、今さら助けてくれるとは思わないが、それでもやはり、すがるものは神しかいないのだ。

死を待つ毎日はただ退屈だ。外の世界はどうなっているだろう。町の様子も変わっただろうな。

外の空気を吸えるのは週三回。十五分程度だが青空を拝める。空を見上げると、生かされていることに感謝する気持ちが湧き起こる。無実が立証されることを諦めた俺には、もう怒りも悲しみもない。ただ、もしやり直すチャンスを与えられるなら、今度こそ心を入れ替えて生きてみたいと思うのだ。

昔、学校で習った話に、人殺しや盗みを働いて地獄に落とされた男が、一匹の蜘蛛《くも》を助けたことがあったためにお釈迦《しやか》様から蜘蛛の糸で助けてもらえそうになるものがあった。

今ここに、一筋の糸が垂らされたなら、俺は涙を流しながらその糸にすがるだろう。

また一週間が過ぎ、魔の金曜日がやってきた。金曜日は死刑が執行される確率の高い日に当たる。

朝食はいつもどおり。以前は、死刑の執行はあらかじめ受刑者に知らされていたらしい。それで、お別れの会とかが行われていたそうだが、あるとき、執行を前に自殺する受刑者が出た。そうしたことを防ぐため、一切知らされなくなったと聞いた。はっきり言って、どちらがいいのか分からない。とりわけ俺みたいに冤罪《えんざい》で殺される身にとっては、生への執着が強まるばかりだろう。殺すならさっさと殺すがいい。

＊

九時。魔の時間がやってくる。嫌でも耳に神経が集中する。研ぎ澄まされる。指の先端まで恐怖が這《は》い込み、呼吸が強張《こわば》る。お経だ、お経を唱えよう。

カツカツ。来た。観自在菩薩《かんじざいぼさつ》、行深般若波羅密多時《ぎょうじんはんにゃはらみたじ》……カツカツカツ、足音は大きくなってくる。近づいてくる。色不異空《しきふいくう》、空不異色《くうふいしき》、色即是空《しきそくぜくう》、空即是色《くうそくぜしき》、受想行識《じゅそうぎょうしき》……カツカツカツカツカツ、カツカツカツカツカツ。

足音が、止まった。

俺の独房の鍵を開ける音がした。

「出房だ。速やかに出なさい」

きっと、きっと、滅多に来ない高校の同級生の誰かとの面会だ。でなければ、いつぞや来た新聞記者が話の続きを聞きにきたのだ。きっとそうだ。

俺は読みかけていた雑誌を閉じ、棚に戻そうとした。つまらない時間稼ぎ。一秒でも生き長らえたいと。だが刑務官は「そのままにして出てきなさい」と有無を言わさぬ口調で俺に命じた。

速やかに出ろとは言われたものの、俺の脚からはすっかり力が抜けてしまっていた。刑務官とともにやって来た管区機動警備隊員が、俺の腕を摑《つか》んで立たせる。そうして俺は、引きずられるようにして歩き出した。

久しぶりに弁護士の接見か、それとも面会か、廊下の角を曲がれば、そのどちらかだ。頼む。廊下を、あの角へ。

しかし、刑務官は角には行かずに、エレベーターのボタンを押した。

扉が開く。まるで扉の向こうは死の世界のようだ。足がすくんで動かない。俺の腕を摑む警備隊員が、無理やり俺の体をエレベーターに乗せる。刑務官がボタンを押す。

地下。

逃げ出したい逃げ出したい逃げ出したい……俺は無実なんだ。やってないんだ。無実の人間が死刑になるなんてそんなことがあっていいのか。嫌だ嫌だ嫌だ。

息苦しい。思い切り叫んで破裂してしまいたい。だが屈強な警備隊員が俺の自由を許さない。

エレベーターが止まり、扉が開く。初めて目にする空間。しかし刑務官と警備隊員は躊躇《ためら》いなく容赦なく、俺を引きずり降ろす。無言の中で俺は、一歩また一歩、最期に近づいている。

連れ込まれた部屋には、祭壇を背に、教誨師《きょうかいし》が穏やかな顔をして立っていた。

椅子に腰掛けるよう促されたが、すっかり体の力が抜けてしまっている俺は、座るというより、椅子の中に腰から落ちた。

俺を静かに見据える教誨師、取り囲む刑務官たち。目の前には、饅頭《まんじゅう》と、一杯の茶がくゆくゆと湯気を上らせている。

「何か、言い遺《のこ》すことがあったら、書き遺しなさい。遺言がなければ、最後の菓子を召し上がりなさい」

遺言。言い遺す。やはり、俺は死ぬのか。死刑が執行されるのか。今日。今から。あと数分後に、俺は終わるのか。

ひりひりと喉がたまらなく渇くのに、目の前のお茶にさえ手を伸ばせない。体が自分のものでなくなったように、指先一つ動かせない。これが恐怖というものか。

「……俺は……やってません」

ほとんど無意識に言葉が出た。喘《あえ》ぐように俺は、そう言った。刑務官たちが身構え、空気が硬度を増す。

「なのに、死刑になるなんて、間違ってます……」

清廉潔白かと問われれば、ガキだったころはさんざん悪さをした。だから、罪がないわけではない。でもそれだって、チャンスを与えてくれれば、俺は思い出す限り償っていく。今はそういう気持ちだ。

やっていない罪を、なぜ償わなければならない？　しかも、死をもって。間違っている。これは、冤罪というやつなのだ。

俺は心の底から訴える気持ちで、向かいに立つ刑務官の目を正視した。しかし、刑務官は何も言わず、教誨師が憐《あわ》れみを湛《たた》えた目で、俺を見下ろすばかりだった。

ダメだ。もう何を言っても無駄なのだ。俺は静かに項垂《うなだ》れた。膝の上に、涙が落ちた。

死刑が執行されるときには、この無念を書き留めて遺書の代わりにしようなどと考えていたのに、いざとなると俺は何も考えられなくなっていた。線香の匂いが、俺の脳髄に染み、俺を死に誘う。

刑務官によって立たされた俺は、別の部屋に連行された。そこでは、ここの拘置所の所長が待っていた。所長の前に立たされる。所長は俺の目の前で、一片の書類を読み上げる。

「お別れのときが来ました。ただ今より、刑を執行します」

罪なき者の命を奪うのに、所長は表情も動かさず、たったそれだけの台詞《せりふ》を言った。たったそれだけの言葉で、俺は、今から、殺されるのだ。

ついに、このときが来てしまったのだ。あと数分で、俺は終わるのだ。ぶらぶらとぶら下がって、死体になるのだ。

続けて何かを言われたが、俺には理解する力も残っていなかった。滔々《とうとう》とお経が読まれ、それが終わると、俺は取り囲んだ刑務官たちによって手錠と目隠しをされた。「連行」の号令のあと、カーテンの開く音がした。部屋を仕切っていた青いカーテン。その向こうが俺の最期の場なのだろう。

無意識に足が突っ張り、進むのを拒否する。しかし、刑務官たちは容赦なく俺の肩を押し、奥へと進ませる。

あまりの恐ろしさに、小便を漏らすほど泣き喚《わめ》くかもしれないと思っていたが、実際の恐怖はそれ以上だった。俺の体は木偶《でく》のようになって、されるがままになるしかなかった。

数歩歩かされ、おそらく部屋の中央に来たのだろう。そこで俺の両脚はロープのような物で縛られ、そして、首に冷たいロープが巻きつけられた。

頭の中でお経を唱えようと思うのだが、思考は散り散りになって何も考えられない。

「最後に言い遺すことはないか」という刑務官の声がかろうじて聞こえた。

終わりだ。終わりだ終わりだ終わりだ終わりだ。

目隠しをされた暗闇の中、なぜか突然、あたりが騒がしくなるのを感じた。

「中止！　刑の執行を中止する！」

それは、所長の声だったと思う。どういうことだ？　俺は、助かったのか？

いったい何が起こったのだ？

中止、中止という声。死刑が、中止ということか。俺は、助かった、助かったのだ。最後のチャンスで、救われたのだ。おお、神よ。俺は見捨てられていなかった。生きていられる。生きていられるんだ！

歓喜の涙が目隠しのためのアイマスクを濡らす。全身の力が抜けて、首のロープが食い込みそうになる。早く！　このロープを外してくれ！

＊

つい先日、一人の男が窃盗で逮捕された。

その男が取り調べの中で、十数年前のクリスマスイブの強盗殺人の自供を始めた。幼い子どもを含む家族四人を殺害し、火をつけた、と。

それはまさに、その事件の「犯人」として逮捕され、死刑が確定した男の死刑執行の日のことだった。

冤罪で死刑を執行してしまっては取り返しがつかない。ただちに拘置所に連絡が入り、まさに執行のボタンが押される寸前で死刑は中止された。

ボタン室にはボタンが三つ。一つのボタンに刑務官一人がつく。受刑者の準備が整い次第、別の刑務官が手で合図をし、三人が同時にボタンを押す。実際に作動して受刑者の足元の床を開くボタンは一つだけで、あとの二つは無意味だ。それは、三人のうち誰が手を下したか分からないようにするためだ。

所長の中止命令を受け、合図役の刑務官は、ただちにボタンの前の刑務官たちに首を横に振って中止を伝えた。緊張の糸が解け、刑務官たちは肩の力を抜いた。

いや。

一人の刑務官が、その合図を無視してボタンを押した。

「おい！　何やってるんだ！」

止めようとする二人を突き飛ばし、残りのボタンも次々と押した。

執行室で床の開く音がした。「ああ！」という刑務官たちの声がした。

死の寸前で助かったと歓喜した男の体は、あっけなく、一瞬にして約四メートル下の地下室に落ちた。油断していた地下の刑務官が、振り揺れないように慌てて男の体を押さえた。

刑は執行されてしまった。通常なら二十分後に遺体からロープが外されるのだが、今回は緊急事態だ。男の体はすぐに下ろされ、ロープが外されたが、すでに男の頸椎《けいつい》は切れて、医務官によって死亡が確認された。

男は、助からなかった。

ボタンを押した刑務官。

彼はこのときを待っていた。このときのためだけに今日まで生きてきた。

彼の娘は、高校三年の冬に命を絶った。クリスマスに欲しがっていた大きなぬいぐるみも買っておいたのに、電車の走り込んできた線路に飛び込み、死んでしまった。一人娘。素直に育った。自慢のかわいい娘だった。親孝行な娘だった。なのに、あっけなく、無残に死んでしまった。

彼は、なぜ娘が死んだのか分からなかった。成績が伸びず、悩んでいたのではないかと学校は言った。ご両親がもっと理解してあげられていたらと、責めるようなことさえ言われた。

理由を知りたかった。そして、遺されたノートの一ページに、いじめを思わせる走り書きを見つけた。

彼は自力で娘の死の理由を調べ、そして、同級生の男子グループを特定したのだ。娘の死は彼らによるいじめ犯罪が原因ではないか。彼は学校に、教育委員会に詰め寄ったが、とうとう彼の主張は認められなかった。

訴えることもできない。訴えたとしても、奴らは少年法によって守られるだろう。

彼は待つことにした。主犯格の男子、どうせロクな大人になりはしない。いつか必ず再び悪事を働いて、正々堂々と奴を罰せる機会が訪れるはずだ。

そして、クリスマスイブの惨劇が起きた。

娘を死に追いやった主犯格の男が容疑者として捕まった。復讐《ふくしゅう》のチャンスが訪れたのだ。彼は男に不利になる証拠を偽装までして、ついに男を死刑に追い込んだ。

男のいる拘置所に刑務官として勤め、死刑執行のチャンスを待った。執行のボタン役は誰もがやりたがらない。「仕方ない。俺がやりますよ」そう言って、念願どおりボタンの前に立つことができた。

娘の仇《かたき》。このときを、ずっと、ずっと、待っていた。

できれば自分の押したボタンで息の根を止めてやりたかったが、そこまでは決められない。ここまでこられたのも神のお慈悲だ。

なのに。

寸前で、死刑中止の命令が下った。

神よ。ここまできてなぜそんな無情な仕打ちをするのだ？　このときを、このときだけを待っていたのに。そんなことは許せない。今、すぐそこに、憎むべき犯人が首にロープを巻きつけて立っているのだ。たったひと押しで、この人差し指一本、すぐ目の前のボタンを押すだけで、奴を地獄に送ることができるのだ。

彼は、中止命令を無視してボタンを押した。

死刑はあっけなく執行された。

ボタン室からは受刑者の姿は見えないが、彼には、憎み続けた男がぶら下がり息絶える様子が、手に取るように思い浮かべられた。悪は裁かれるべきなのだ。自分のしたことに一片の悔いもない。これでようやく、娘の無念も晴れるに違いないのだ。

他の刑務官たちに取り押さえられながら、彼は、絶句する所長たちに、満ち足りた笑顔を見せたのであった。

横領したのは上司です

彩月志帆

発覚

着服なんて簡単にできると気づいたのは、メガバンクに入行して一年も経《た》たないころだった。

銀行の手続きのいろいろなところに、ここでもできる、これもバレないだろうな、という穴がある。まるでその穴は、行員がその誘惑に負けないかどうかを試すために、わざとばら撒《ま》かれた罠のようだった。

たとえば、手数料と称して客から小銭を巻き上げるのはいとも簡単だ。

オンラインで本部と繋《つな》がっている本来の端末ではなく、タイプライターを使って手数料伝票を作ればいい。

手数料伝票は、徴収票、請求書、徴収操作票、領収書の四枚綴《つづ》りになっている。伝票を作った時点で、複写になっている領収書までが印字される仕組みだ。

タイプライターで印字した請求書を客に見せ、現金を受け取って領収書を渡し、他の三枚は握り潰してしまえばそれで着服成功。

私が客から不正に現金を受け取ったことには、誰も気がつかない。

客は自分が不要な手数料を請求されているとは夢にも思わず、銀行の端末に手数料が発生した形跡は残らない。

お金のやり取りが仕事なのだから、それをポケットに入れるところさえ見られなければ誰にも疑われることなどない。

きっとそんなことにはみんな気づいている。ほぼリスクのない小遣い稼ぎの方法なら他にいくらでもある。

それをしないのは、良心……と言いたいところだが、実際にはバカバカしいからである。

小銭とはいえ、不正がバレたら懲戒免職は免れない。下手をすれば刑事事件だ。狭き門をかいくぐって入ったメガバンクを、個人客が財布から出せる程度の金額で追われるのはもったいない。

ときどき世間を騒がせる、銀行員による横領事件が億を超える高額なのは、「バカバカしくない利益になる」ものにしか手をつける意味がないからだ。

その手口の多くは、富裕層個人客の預金着服。

億単位の金を、一瞬で自分のものに。

担当してみると分かるが、実際にそれは、笑ってしまうくらい簡単にできる。

難しいのは、それをバレずに継続することだ。

*

私はネットのニュースサイトで、メガバンクでの横領事件発覚の見出しを見つけた。

日本にいたら大変な騒ぎに巻きこまれていたことだろう。

容疑者として報じられているのは、私の直属の上司である石川《いしかわ》課長だった。

記事によると、石川はこの半年で、三人の顧客から合計四千三百万円を詐取、着服した疑いが持たれている。

手口は単純で、高齢の富裕層顧客に偽造証書を渡し、預かった金を自分の口座に入金していたというものだ。

容疑者は犯行を否認しているとあるが、自分名義の口座に動かぬ証拠がある以上、無駄な抵抗というものだろう。

銀行員による横領事件にしては金額が小さいが、それは早期発見の賜物《たまもの》であり、このまま発覚せずにいれば被害額は甚大《じんだい》なものになったであろう、と記事は結んでいる。

私は記事を読んでいたスマートフォンから目を上げ、目の前に広がるコバルトブルーの海を見つめた。

沖縄の透き通るような薄水色の海とは違う、深い群青の水面に、白い光の粒がキラキラと輝いている。あちこちにバナナボートやカヤックが浮かび、遠くには大型クルーザーが、上空にはモーターボートに引かれるパラグライダーの姿も見えた。

通りすがりの若い男が、

「Hola! Hi!　ニハオ!　こにちわ!」

と笑顔で声をかけてきた。私は大きなサングラスをかけているのでほとんど人相は分からないはずだが、長い黒髪と貧相な体がアジア人だと主張しているのだろう。

ストローが当たる部分だけ口紅のとれた口で笑顔を作り、

「英語もスペイン語も分からないの、ごめんね」

と拙《つたな》い英語で伝えると、その発音の悪さで諦めがついたのか、彼は何か「楽しんでね！」という意味だろうことを言って砂浜を歩き去った。

ビーチチェアに一人で寝転んでいる女を見かけたら、とりあえず声をかけるのがここでの流儀なのかもしれない。

カンクンの人たちはフレンドリーだ。

日本を照らすものと同じとは思えない、この地の力強い太陽のような明るさがある。世界屈指のリゾートに遊びにきている人たちは皆、金銭的な余裕を滲《にじ》ませ、多忙な日々で疲れた体をまったりと寛《くつろ》げている。

ホテルの従業員はそんな彼らにひとときの安らぎを与えるのに慣れており、言葉の不自由な私にも、暑苦しくない親密さで明るい挨拶と笑顔を振り撒いてくれた。

どう見てもまともな職についているとは思えない、チャラい日本人の集団がバカ丸出しではしゃいでいることを除けば、この地での休暇は蓄積した私の疲労を十分に癒してくれた。

銀行員は年に一度、一週間連続して休暇を取ることを義務付けられている。

労働組合による休暇取得促進の意味合いもあるが、一番大きな理由は不正防止である。

かつて、横領事件の犯人は「休みも取らずにまじめに働く行員」ばかりであった。その人には自分の管理する取引を他人に任せられない理由があり、そのために長い休みを取れなかったわけだ。

昭和の横領事件が何年も発覚せず、被害額が膨らんだのはこのためである。不正防止の観点から、行員を取引から一週間引き離すのは、銀行の内部管理のために必要なことなのだ。

今回の事件は、石川課長の部下により発見されたという。報道では名前は出ていなかったが、入行三年目の森下《もりした》に違いないと私は思う。

森下は、先輩行員の休暇中に満期を迎える顧客の定期預金の継続処理をしようとして、その定期預金が存在しないことに気がついた。

きっと凄《すさ》まじい脂汗をかいただろう。

慌てる森下の姿が目に浮かぶ。

顧客から預かっていた証書は一見本物だが、台帳で通番を確認すれば、それが半年以上前に「書き損じにより廃棄」されたはずの一枚だと分かったはずだ。

廃棄処理をした実施印は休暇中の先輩、そして検印は上司である石川が捺《お》している。

森下はいったい、その事態を誰に相談しただろう。

彼を巻き込んでしまったことは申し訳なく思う。でも、森下の潔白は捜査で必ず明らかになることで、彼の銀行員としてのキャリアに傷をつけることはないだろう。

金を拝借することになった三人の顧客に対しても、もちろん罪悪感はある。しかし被害額は銀行が弁済するし、彼らにとっては死ぬまでに使い切ることのできないあぶく銭なのだ。老後に味わったスリリングな体験を、茶の間の話のタネにでもして許してほしい。

彼らには恨みなどないし、できるだけ無関係な人に迷惑をかけない方法で実行したつもりだった。

横領の操作をしたのは、私だ。

でもその金は全て、石川課長名義の口座に入っている。

彼は今、警察で取り調べを受けているのだろうか。

いや、時差で昼夜が逆になっているはずだから、日本は夜中だ。さすがに寝ているか。

留置場の硬いベッドで。

それとも、身に覚えのない横領罪に震え、眠れぬ夜を過ごしているのだろうか。

思い知ればいい。

私を裏切り貶《おとし》めた、自らの罪の重さを。

私は自分がセットした時限爆弾が目論見《もくろみ》どおり爆発したことに満足し、パラソルの下でゆっくりと目を閉じた。

真相

私の計画は、八ヶ月前に産声を上げた。

綿密なプランを練り、あの男に復讐《ふくしゅう》するために。

私と石川課長は、およそ二年前から都内の中堅店舗の営業2課で一緒に働いている。

私が勤務する銀行では、支店の営業1課は法人、つまり企業を、そして営業2課が個人の富裕層を担当している。高額預金者でも、1課が担当する企業の関係者であれば1課の管轄になるので、2課が受け持つのはほとんどが地主や個人事業主だ。

私は自分が担当する高齢の顧客のほとんどが貸金庫を利用し、そこに現金を隠していることを知っていた。

あまり周知されていないが、銀行では普通、貸金庫に現金を入れないよう利用者に呼びかけている。火災などの災害で貸金庫の中身が損なわれても、銀行はそれを補償しないからだ。

私は自分が担当する顧客の中から三人を厳選し、彼らにささやいた。
「税務署からの指導で、貸金庫の利用規則が厳しくなりました。現金を入れていると、まずいことになりそうです。いったん出して、ほとぼりが冷めるまで様子を見るために、短い定期預金にしませんか?」

金持ちは一様に、税務署という言葉に過剰反応する。私はその弱点をつき、甘い誘いをかけた。
「これまでにお預かりしている預金とは別枠で管理して、総資産として加算されない形にできますよ」

その方法で、私はまんまと四千三百万円の現金を手に入れた。

顧客には、とりあえず半年で満期になる定期預金を作成したことを伝え、本物とまったく相違ない外観の証書を渡した。

日にちをずらし、三枚の証書を「書き損じにより廃棄」処理したわけだ。

四十三束の現金は、石川課長が通勤の乗り換えに使う駅にあるＡＴＭから、何日もかけて百万円ずつ小分けにして彼の口座に入金した。

この口座の存在を、課長本人は認知すらしていない。私が預金課の同期に頼んで作ってもらったものだ。

今日日《きょうび》、普通預金口座を新規で作るのも簡単にはいかない。

詐欺の受け皿に使われるダミー口座の増設を防ぐため、申込者の住所や職場がその支店の近くにあるのか、不自然に複数の口座を保有していないか、口座を作る前に厳しくチェックされる。

しかし、申込者が行員ならそのチェックはおざなりだ。伝票に「当行行員」と書き込むだけでいい。

「奥さんに内緒の口座を一個、作りたいんだってさ」

そう言って頼むと、同期は困ったように笑いながら石川の名前が印字された真新しい通帳をポンと手渡してくれた。

キャッシュカードは作らなかった。

自宅に郵送されると困るんだよと言うと、寿退社を控えた彼女は複雑な表情で小さなため息をついた。

「困る」のは私だが、幸せな彼女は知らなくていいことだ。

通帳は入金を全て終わらせた時点でシュレッダーにかけ、その紙片はトイレに流した。だが、その口座には今四千三百万円もの残高があるのだ。

私は三つの架空定期のうちの最初の一つが満期を迎える週に合わせて、一週間休暇を取った。同じ課の後輩である森下に休暇中の引き継ぎをし、成田から飛び立ったのが六日前だ。


ニュースになるまでに意外と日数がかかったのは、余罪確認のためだろうか。状況から考えて、真っ先に疑われたのは私だろう。

でも、とっくに調べられたであろう私の口座に怪しい動きなどない。毎月の給料以外には、どこからも入金はないのだ。

現金で隠し持っている可能性はもちろんあるが、私の自宅を家宅捜査するより、石川課長の口座にドンピシャな残高が見つかるほうが簡単で早かっただろう。

私が課長とグルになって横領に加担していたなら、不正が発覚する定期の満期日に休暇を取ることなどありえない。

私は、担当する顧客の定期預金が、実際には存在しないことなど知らなかった。

上司がその金を着服していることなど知らなかった。

そううまく思ってもらえるといいのだが。

＊

夕方になり、ビーチには強い風が吹くようになった。

私はホテルの部屋に戻り、ラッシュガードと腰に巻いたパレオを脱ぐと、ロングヘアのカツラを外した。

洗面台で念入りにメイクを落とす。

鏡の中に、少しヒゲの剃《そ》り跡の青くなった若い男の顔が現れた。

人前で女装をするのは私の密《ひそ》かな趣味だが、男の姿に戻るときの開放感も、その楽しみの一部だ。

誇れるような趣味ではないことくらい分かっている。けれど、別に誰にも迷惑はかけていない。

私は一年半前、女装して新宿のバーで飲んでいるときに石川課長とばったり会った。半年間毎日顔を合わせた仲だ。カツラを被って化粧した私を、課長は自分の部下だとすぐに見抜いた。

だからといって、それをネタに脅迫されたり、差別されるようなことはなかった。課長は言ったのだ。

いろんな趣味の人がいるんだから、別に恥ずかしがることじゃない。それでも秘密にしたいなら、自分は誰かに言ったりはしないから安心しなさいと。

私は彼をすっかり信頼した。

人間的に尊敬できる上司だと思い、部下としてできる限り尽くした。懸命に働いて業績を上げただけでなく、自分の実績を他の課員に譲り、課全体のノルマ達成に貢献したこともある。

人格者ヅラした石川課長が密かに私を欺いているなんて、露ほども疑っていなかった。

春の一斉人事で、同じ支店に勤める同期の男が本部に栄転となり、私は自分がどんなにおめでたい人間だったかを思い知った。

奴は実績もふるわず、顧客からの評判もよくない男だ。

「君にはもう少し、この店で頑張ってもらうからね」

私にそう言った支店長は、蔑むような目で冷笑した。

「ところで君は、面白い趣味を持っているそうじゃないか。今度の新人歓迎会では、ぜひみんなに披露してほしいものだね」

私は目の前が真っ暗になった。

銀行は古い組織だ。一度出世のレールから外れたものは、まずその道には戻れない。女装趣味のある部下を蔑視する支店長が、私の人事シートに何を記載したのかと思うと、暗く深い闇に胸が押し潰されそうだった。


明日の朝のフライトで、私は日本に戻らなければならない。日本の警察は、私が何らかの形で横領に絡んでいることは当然分かっているだろう。出国記録や帰りのチケット予約を調べているだろうから、明日は成田で任意同行を求められるかもしれない。

想定の範囲内だ。

石川課長が検印に使うものとそっくりに作らせた印鑑は、乗継したヒューストンでハンバーガーに包んで捨てた。

それとはあえて違う店で注文し、私の実施印に似せて作った浸透印は、休暇前にこっそり課長のデスクの引き出しの奥に突っ込んできた。

その印鑑にも偽造証書にも、何度かさりげなく課長に触らせ、指紋をつけてある。騙《だま》した顧客はみなまだらボケだ。実際に現金を受け取ったのは私の上司の石川だったと、半年の間に刷り込み済みだった。

私が実行犯だという証拠は何もない。

取り調べにあっても、私は明瞭に答えられるだろう。怯《おび》えて震えながらも、決然と。

「横領したのは上司です」

IF

乃寺天音

稲荷山博嗣《いなりやまひろし》が居酒屋『玄兎《げんと》』に到着すると、すでに他の二人は座ってメニューを開いていた。

店員に案内されて入口のところに来た稲荷山に気づき、「おお、久しぶりぃ！」と手を振ったのは森拓哉《もりたくや》だ。

小学校を卒業して以来会っていないが、顔立ちも雰囲気もすぐに彼と分かった。

「お揃《そろ》いでしょうか？」

店員は幹事の森に聞く。

「ああ、始めてくれる？」

「ごめん、待たせたかな」

稲荷山は扉の内側の三和土《たたき》で靴を脱ぎ、畳の個室に上がった。

「いや、俺たちもさっき着いたとこだよ。なあ？　ブテン」

「ん？　あ、うん……」

メニューから顔を上げ、くぐもった返事をした恰幅《かっぷく》のいい男は塚本武典《つかもとたけのり》だろう。小学生のころから太めではあったが、ますます脂肪がついたようだ。髭《ひげ》が生えたことを除けば、彼もそれほど変わっていない。

「ハカセ、ビールでいいか？」

「子どものころのあだ名はよしてくれよ」

稲荷山が苦笑すると、森は大袈裟《おおげさ》に首を横に振る。

「だって、実際に博士なんだろ？　すげえよなあ。ガキのころからハカセって呼んでた甲斐《かい》があるわ」

「正確には博士じゃないよ。博士課程中退してるし、論文もまだ……」

「なーに言ってんだよ、同じようなもんだろ。ま、座れよ」

促され、稲荷山は塚本の隣に腰を下ろした。

「いやーそれにしても久しぶりだよなあ。二十年くらいか？」

「そうだね、僕は中学が別だったから二十二年ぶりかな。塚本と森は？」

「俺らは高校まで腐れ縁。そのあと、俺は大学行って、ブテンは親父さんの仕事を継いで」

「ああ、不動産屋だっけ？」

まったく思いがけずＳＮＳで繋《つな》がったため、互いの状況はその書き込みで知ってはいる。

「じゃあ、ずっと地元か？」

「うん、そう」

「こいつ、商売なんて向いてるイメージなかったんだけどな、けっこうやり手らしいぜ」

「へえ、そうなのか」

確かに塚本は口数も多くなく、大人しい性格だった印象がある。

「最初は親父にどやされてばっかだったよ」

塚本は首をすくめて、思い出すのも嫌だというふうに厚い唇を曲げた。

「高卒でオリエンなしのＯＪＴは厳しいよな」

森はうんうんとうなずいている。

「森は、花菱《はなびし》商事だっけ？　すごいな」

「まーすごいっていうか、デカい会社ならではの悩みっての？　前の上司がレジェンド級の仕事の鬼でさ。タイトなスケジュール組むんでバッファなさ過ぎて、月の残業二百時間とかあったからな。過労死しちまうっての」

「二百時間かあ。そりゃ大変だな」

「もー毎晩タクシーでさ。残業代はエラい振り込まれるけど、使ってる暇がないっていう。しょうがないからマンション買ったわ。タワマンてやつ？　最近臨海地区にできた」

「へえ、大したもんだな」

「ハカセは？　今どこ住んでんの？」

「だから、ハカセはやめてくれって」

「でも大学の先生なんだろ？」

「そうだけど、非常勤講師だし……」

そこへ店員がビールを運んできて、森は「じゃあハカセにお注《つ》ぎしますよ」と瓶を手に取った。

稲荷山はそれ以上主張せず、返礼として同じように森と塚本に注いだ。

三人の手にグラスが渡ると、森が音頭を取った。

「ちょっと遅い新年会兼小学校同窓会の開催を祝して、かんぱーい」

「乾杯」

「乾杯」

森からフェイスブックを通じて連絡があったのが一年ほど前で、彼を通じて塚本とも繋がった。

そのうち三人で飲もうという話は出ていたものの、言い出しっぺの森が多忙でなかなか実現しなかった。

昔もこんなふうだったなと稲荷山は思った。

森が提案し、塚本と自分はそれに乗る。

彼が動かなければ何も動かない。

コース料理で運ばれてきたのはサラダやポテトフライ、唐揚げ、水炊きといったいわゆる居酒屋メニューだが、素材が上質なのか、なかなか美味《おい》しかった。

「そういえばさ、小六のときお年玉で買ったアレ、面白かったよなあ」

何杯かビールのグラスを空け、学校関連の思い出話に花が咲いたあと、上機嫌に森が言い出した。

「アレ？」

塚本はほとんど顔色は変わっていないが、手元には焼酎の空きグラスがいくつかある。

「ゲームだよ。ほら、殺人事件の。当時すっげえ流行《はや》ったじゃん」

稲荷山は薄めのレモンサワーをちびちびやりながら、「ああ、みんなで買ったやつ？」と思い出した。

かなり売れた作品で、その後ドラマ化も舞台化もされ、続編も作られた。

「そーそ！　全員お年玉で買って、誰が一番早く真犯人分かるか競争したじゃん」

「ああ……やったなあ」

塚本も思い出したらしい。

「アレ、なんてゲームだっけなあ」

森は首を捻《ひね》った。

「月のナントカ、だっけか？　最近どうも記憶力が」

「『月光の囁《ささや》き』だったかな」

「それだ！　さすがハカセ」

「確か、山奥の村で殺人事件が起きて、主人公は大学生で、彼女がいて――」

稲荷山は記憶を辿《たど》った。

「夏休みのバイトでペンションの管理人をやってて、客が怪しい連中で、夜中に事件が起こる」

「おーそうだったそうだった」

「死体、グロかったな」

塚本がぼそっと言う。

「あのバラバラ死体か？」

森はもう手酌でビールを注いでいる。

「ああ怖かったな、あれは」

当時のゲームグラフィックはさほどリアルではなかったはずだが、何しろ子どもだったので、ＢＧＭの効果もあって相当怖かった覚えがある。

死体グロかったな、と学校で進捗《しんちょく》状況を話し合うときに白状すると、「何だよハカセ、あんなのが怖いのかよ、ビビリだなあ」と森が言い、塚本も同調していたように思うが、あれは小学生男子らしい虚勢だったのかもしれない。

そういえば——俺も怖かったよ、と言った奴がいなかっただろうか？

自分だけではなかったとほっとしたような覚えがある。

「真犯人誰だっけ？」

森は塚本に尋ねた。

「宿泊客の、山本《やまもと》とか藤本《ふじもと》とかそんな名前」

「あれ？　彼女が犯人じゃなかった？」

稲荷山が思わず口に出すと、二人に笑われた。

「お前、それはバッドエンドシナリオだよ。真相ルート、見てないのかよ？」

森に言われて、また記憶を手繰《たぐ》る。

「えーっと、真犯人が分からないと、一人ずつ殺されてって自分も死んじゃう皆殺しルートになるんだったよな？」

「そうそう。何度やってもそのルートになっちまって、攻略ムズかったなー」

「最後、主人公だけ生き残ってたけど、実は恋人が犯人で、彼女に殺されるっていう結末は覚えてるんだけど」

「それ、推理の分岐で出るバッドルートだな」

「そうか、そうだったかな……」

自力でクリアしたという記憶が稲荷山にはなかった。

頭にはそこそこ自信があっただけに、ショックだったように思う。

「で、誰が最初に真犯人分かったんだっけ？」

「えー……」

塚本は目を泳がせた。

「……誰だっけ」

「──俺だよ」

森は店員を呼ぶスイッチを引き寄せ、「なんか頼むか?」と二人にメニューを開いて見せた。

「じゃあ、レモンサワー追加で」

「芋焼酎」

「了解」

若い店員が来て、注文を聞きがてら空いた皿やグラスを片づける。

「なかなか旨《うま》いね、ここの料理。地元にこんないいお店があったなんて盲点だったな」

森が声をかけると、「ありがとうございます。店長に伝えます」と彼は快活に答えた。

「あ、手洗いどこ?」

「はい。ここを出て、右に曲がっていただいて、通路の先にございます」

「分かった。ちょっと失礼」

森が出ていくと、塚本と二人になった。

無口な彼と一対一だと、なんとなくぎこちなくなる。

何か話題を、と思っていたところへ、塚本のほうから口を開いた。

「……違うよなあ」

「え？　何が？」

「最初に真のエンディング出したの、拓哉じゃなかったと思う」

塚本の奥二重の目は、酔いが回っているせいかどこか剣呑《けんのん》だった。

「じゃあ、塚本なのか？　森の勘違いで」

「いや、俺じゃない」

「ん？　どういうこと？」

誰が最初に真犯人とトリックを解明するかを競って買ったはずが、誰も真相に辿りつけなかったということだろうか？

「塚本はなんで真犯人の名前を知ってるんだ？　攻略本？」

彼は首を横に振った。

「誰かから、聞いた」

「森じゃなくて？」

「拓哉はそのあとだ。それは覚えてる」

店員が運んできた新たなグラスを受け取り、塚本は水面をじっと見た。

「最初に犯人が分かった奴がいて、俺はそいつから聞いたんだ。で、そのあとで拓哉が、自分が一番乗りだって言うから、違うぞって。そしたら怒って――」

――俺、犯人分かったぜ。競争はやっぱ俺の勝ちだな！

――え？　俺……から教わったけど。

――んなわけねえだろ。あいつにそんなことできるわけない。

――いや、だけど……

――うるせえなブタ。またお前のことブタンて呼ぶぞ。

「あ」

稲荷山の記憶の靄《もや》から、何かが姿を現しかけていた。

「もう一人……」

もう一人、誰かが――いたのではないか？

「塚本、そいつの名前、覚えてる？」

彼は眉を寄せ、「思い出せない」とつぶやいた。

二人して思い出せないというのは、どういうわけだろう。

あまり親しくはなかったのだろうか。

ただのクラスメイトか？

しかし、同じゲームを買った「もう一人」の存在が、にわかに意識されてきた。

あのころ自分たちは、四人組だった——のか？

双方とも黙り込んでいると、個室の扉が開いて森が戻ってきた。

「いやあ、うっかり隣の部屋入るとこだったわ。女の子の声がしてさ」

「あのさ、森、ゲーム仲間、もう一人いなかったか？」

森は「いいや？」とあごを引いた。

「そりゃ、そのゲーム買った奴は他にもいたろうよ」

「そうじゃなくて、謎解き競争にもう一人いたんじゃないかって」

「何言ってんだ」

森は座布団に腰を下ろして、薄気味悪そうに稲荷山を見た。

「俺と、ハカセとブテンの三人で約束したんじゃん。最初に犯人が分かって真のエンディング見た奴に、駄菓子屋で食べ放題奢《おご》るって」

「駄菓子屋で食べ放題？」

「ああ……」

今はもう潰れてしまったが、当時は小学校の近くに駄菓子屋があって、三十円や五十円で買える色鮮やかな菓子の他、メンコ、ピンぼけした芸能人のブロマイドなどが売られていた。

子どもの目には宝の山に見えた。

見事に名探偵となれた者には何でも好きなものを奢るという約束は、いかにも当時の自分たちらしく思える。

しかし——

「じゃあ、俺たち二人で森に奢った、んだっけ？」

まったくその記憶がない。

「忘れたのかよ？　まあそうだよな、昔のことだもんな」

森は冷めたフライドポテトに手を伸ばし、今度は「俺もトイレ」と塚本が立った。

なんとなく稲荷山も同じポテトを摘まむと、森はちらと空席に視線をやり、「あいつ、最近離婚したんだよ」と声を潜めた。

「そうなのか？」

彼のフェイスブックの投稿は仕事の話や食べ物の写真ばかりで、結婚しているかどうかも稲荷山は知らなかった。

森はポテトを次々口に放り込んでいく。

「そ、ブテンの浮気が原因」

「えっ……」

正直それはだいぶ予想外だったというか、稲荷山が持っている塚本の面影とはかけ離れていた。

「元嫁、高校の同級生だったんだけど、有名大出てバリバリのキャリアウーマンでさ。仕事が忙しいからって家のことはやらないし、子どももまだ欲しくないとかで自分勝手だって、あいつよく愚痴ってたんだよな。で、うまくいかなくなったころに、バイトで雇った女の子と不倫して」

なんと言ったものか、稲荷山には分からなかった。

「嫁のほうじゃ、あいつがろくに話をしないのがいけないって思ってるみたいだな。確かにコミュニケーション能力低いしな、あいつ。学歴だけじゃなくて」

長年の付き合いの相手を突き放した言い方にどう反応したものか困惑し、稲荷山はやたらと丁寧におしぼりで手を拭いた。

「昔から、不満があっても口に出さないで相手が気づいてくれるのを待ってるだろ？そういうとこ、イラッとすんだよな。ぶっちゃけ、不倫する甲斐性があったってのも驚きだよ」

「……人事査定が厳しいな」

かろうじて、そうコメントした。

「どこの世界でもコンプラとネゴは大事っしょ。あ、俺次はハイボールにしようかな。ハカセは？」

「これと同じもので」

稲荷山は次第に居心地の悪さを感じてきた。

はじめの、旧友に再会した懐かしさやある種の安心感のようなものと、そのあとのやり取り、そして何よりも記憶の奇妙な食い違いが、不協和を起こしかけていた。

森は「もう一人」などいないと言う。

すると、塚本が嘘《うそ》をついたか、勘違いをしているということになる。

だが、自分の曖昧な記憶でも「もう一人」の存在が朧気《おぼろげ》に浮かび上がってくる。

名前はおろか、顔形さえ思い出せないのではあるが、二人の人間が同じ勘違いをするということは考えにくい。

ならば、森のほうが記憶違いをしているか、あるいは意図的に嘘をついているか。

後者だとしたら何のために？

結局、三人の記憶がどれもあやふやであるという以上の推論はできそうにない。

「……もう一人、か」

思わず声に出していたようで、森は「まだ言ってる」と笑った。

「それさ、お前のイマジナリーフレンドじゃないか?」

「イマジナリーフレンド?」

「想像上の友達のことだな。子どもにはよくあることらしいぜ」

「つまり、実在しない?」

森はうなずく。

そう、なのだろうか。

「もう一人」は、実際には存在しない架空の少年だったのだろうか。

小学生だった自分が脳内で幻の友達を作り出し、そのため名前も顔も思い出せずにいるのか?

「おっ、おかえりー」

急にワントーン明るい声で森が言い、塚本がのっそりと扉を開けて入ってきた。

その変わり身の早さにあっけにとられる。

こういうのを世故《せこ》に長《た》けている、というのだろう。

稲荷山にとっては、自分に足りないと自覚している点で、若干の羨ましさも感じた。

塚本は、森のこういうところに気づいているのだろうか。

昔から何を考えているのかよく分からない男だったが、決して愚鈍ではないと思っていた。

その塚本が、最初にゲームをクリアしたのは森ではないと言い出したのは、果たしてイマジナリーフレンドなるもので説明できるのだろうか？

「あのさ――」

塚本に向けて言いかけたところで、森が割り込んでくる。

「締めのうどん、もう頼むか？　鍋の具材ももうだいぶなくなったし」

「あ、うん……」

このままではどうにも釈然としない。

森のいないところで塚本とサシで話す必要があるな、と稲荷山は思った。

塚本を見ると、渋い表情で頬杖《ほおづえ》をつき、じっと何かを考え込んでいる。

豊かな肉付きの頬が、手のひらからはみ出ていた。

そして、ゆっくりと顔を上げた。

「思い出した。もう一人のこと」

「えっ⁉」

稲荷山と森は同時に疑問の声を上げた。
塚本はどこかが痛むように片頬を歪《ゆが》めた。
「いた」
「本当に？　それって――」
その先を聞こうとした稲荷山を制したのは、森だった。
「はぁ？　バカ言うなよ、いねーってそんな奴。頭おかしいんじゃねえの」
ほとんど罵倒に等しいその威勢には、逆に違和感があった。
なぜそこまで強く否定するのだろう。
自分に対しては、架空の存在じゃないか、とニヤニヤしていたというのに。
塚本への態度はあまりに違い過ぎる。
「もう一人」は、何か重大な意味を持っているのだろうか？
塚本と、森。
無口で従順な太めの少年と、活発で調子のいい少年。
そして、成績が多少いいこと以外取り柄のない自分。
よく考えてみれば、つるんでいたのが不思議な組み合わせではある。
タイプがまったく違うのに、よく喧嘩《けんか》もせず一緒に遊べていたものだ。

――仲よく一緒に？

稲荷山の脳裏に、火花のように記憶の一片が閃《ひらめ》いた。

それはかすかではあったが、胸を苦く刺し、じわりと広がった。

嫌な感覚だった。

――上履き必死に捜してんの、ちょーウケる。

森が指さして笑い、塚本が躊躇《ためら》いながらも笑い――自分も、笑う。

誰かが――半べそをかきながら、上履きを捜し回っていて――

（なんだ、この記憶……なんの）

塚本は森の暴言に表情を強張《こわば》らせた。

「拓哉、本当に忘れたのか？　それとも、悪いことをしたっていう自覚は一応あるのか？」

「なっ――」

よほど意外だったのだろう。

森は蒼白になり、唇をぴくぴくと震わせた。

塚本はそれ以上言葉を継ぐことはしなかったが、どんよりした目で森を睨《にら》んでいる。

空気が重く張り詰めたとたん、個室の扉がノックされた。

その拍子抜けするほど軽い音に森は我に返り、「どうぞー」といつもの愛想のよい調子で返答した。

「失礼します」

入ってきたのは、店員と同じく黒地に黄色い満月が描かれたシャツを着た、同年代の男性だった。

「『玄兎』の店長を務めさせていただいております、佐藤《さとう》と申します」

男性は目がなくなりそうな笑顔で頭を下げた。

「先ほどはお料理をお褒めいただいたそうで、大変光栄です。僭越《せんえつ》ながらご挨拶に参りました」

「あ、ああ……」

森は、店員に伝えたことを思い出したらしい。

明らかにほっとした様子で、「いやあ、わざわざありがとうございます。本当旨いっすね、特に唐揚げ」などと話を続けた。

「誠にありがとうございます」

深々と礼をする店長。

「俺たち地元なんですけど、今までこのお店を知らなかったのが悔やまれますよ」

「恐れ入ります。実は私も地元なんです。Y小学校の卒業生でして」

「へえ、偶然ですね！　俺たち三人ともその小学校なんですよ。じゃあ同窓生ですかね？　何年卒ですか？」

「九X年です」

「どんぴしゃじゃないっすか！　え、佐藤君？　ちょっと待ってくださいよ？」

森は頭を押さえ、思い出そうとする仕草をした。

ふと稲荷山が塚本を見ると、石のような顔色で店長を凝視していた。

その様子が尋常ではなく、稲荷山も動揺した。

「うーん、申し訳ないです。六年何組でした？」

降参した森が尋ねると、店長は、口元だけ笑ったまま、黒い目をこちらに向けた。

「……やっぱり、覚えてないんですね」

その声は、もう営業用のものではなかった。

「お年玉で買ったアレ、面白かったな。『月光の囁き』」

三人とも息を呑《の》んだ。

「みんなでお年玉で買って、誰が最初に謎を解くか競って、俺は夜もろくに寝ずに夢中になって周回して頭を絞ったよ。その甲斐あって真のエンディングを誰より先に見られて、大喜びで塚本に話したんだ」

視線に射られたように、塚本は動けなくなった。

「勝った奴が駄菓子食べ放題って約束をしてたからさ。やったと思った。ところが、森は塚本が森に真のエンディングの内容と俺がクリアしたことをしゃべったら、森は
――」

今度は森がたじろぐ番だった。

「ノロテツなんかにできるわけないって、意地でも認めなかった」

――ノロテツ、テツ、テッちゃん、哲《てつ》。

「あっ……」

佐藤哲。

それが、彼の名だ。

「もう一人」の。

稲荷山の記憶の中で、その少年の姿がフラッシュバックする。

――おいノロテツ。

――ノロテツはやめてよ。

――ノロいからノロテツだ、文句あるか。

いつも森にいじられていた。
いや、そんなぬるいものではない。
——ノロテツの上履き捨ててやった。泣いて捜し回ってやがんの、面白《おもしれ》え。
——さすがにそれ、やり過ぎじゃない？
——は？　何だと？　ガリ勉。
指先が冷える。
どす黒い記憶だ。
罪悪感をともなう、苦い思い出。
次の日から、森と塚本が自分を無視するようになった。
辛《つら》かった。
だから——逆らうのはやめた。
塚本も同じだ。
——おいブテン、ノロテツ転ばせてこいよ。嫌だ？　ブタのくせに。
森の仕返しが怖くて言いなりになっていた。
ノロテツ——佐藤哲を生贄《いけにえ》にすることで、自分たちは結びついていた。
佐藤哲は、六年生の途中から自分たちを完全に避けるようになった。

卒業するころには会話もしなかった。

忘れたい記憶だった。

だから——忘れたのか。

店長——佐藤哲は、「では、どうぞごゆっくり」と何の感情もこもっていない決まり文句を述べ、部屋を出ていった。

扉の閉まる音が胸の奥を締め上げた。

誰も言葉を発しない。

稲荷山が意味もなく手元に目を落とすと、割り箸の袋に、「玄兎」は月の異名であると書かれていた。

あかんおじさん

小濱翔

タッタッタッタ。

見慣れた町並みをパンをくわえながら走り抜ける。なんてベタなのだろう。しかし、普通と違うのは食パンではなくコッペパンなところだ。まあくわえやすくて助かるんだけど。

私は大阪府の北部にある豊月町《とよつき》に住んでいる。この町はいわゆるど田舎だ。どんどん少子化が進んでおり、今すれ違った人も、ほとんどおじいさんおばあさんだ。私が通うのは町唯一の中学校で、豊月中学校。少子化とはいえ、さんざん統合を繰り返したおかげで生徒数はけっこういる。あ、あとこの町には田舎ならでは（？）の都市伝説がある。まあ伝説ではなく本当に起こるんだけど。いや、そんなことを考えている場合じゃない！　遅刻だ！

スーパーの脇の道に入る。すごく細いが、遅刻常習犯の私が一年の冬ごろに見つけ出した学校までの近道だ。とてもお世話になっている。

細道を抜けるとまた路地に出る。

しばらく走ると、学校近くの町立図書館だ。上のほうに付けられている時計を見ると八時二十六分。朝礼の開始は八時半。うーん、微妙だ。間に合うか？　いや、間に合う！　間に合わせる‼

図書館の駐車場を脇に、車道の端を一直線に駆け抜ける。見えてきた。私たちの学校！　最後の横断歩道を渡ると、すぐだが、ここの信号が長いんだよね……。頼むからいい感じに青になってよ。信号まで残り二十メートル。

あっ！　青信号が点滅し始めてしまった。嘘《うそ》！　最悪のタイミングだ！　やばい、次また青に変わるまで二分近くかかる。絶対遅刻だ。

横断歩道の前で立ち止まり、膝に手をついて息を整える。前を横切る車の列。右を見ると、あと五台で列は途切れる。ふー、もう禁じ手を使うしかないのか。でも、絶対ダメだよなー。

車の列が途切れる。

逡巡《しゅんじゅん》しながら一歩足を踏み出す。そしてまた一歩踏み出すと車道に足がはみ出る。

「あかん……」

ヒッ！　聞こえてきた。慌てて足を引っ込める。

しばらく声は聞こえ続ける。道の向こう側を見ると、赤いトレーナーに赤いズボン、赤い靴、そして赤い帽子を深く被ったおじさんが立っている。出た、あかんおじさん。

「あかん……あかん……」

彼はあかんおじさんと呼ばれていて、信号無視をして横断歩道を渡ろうとする人がいたら、目の前に現れてあかん、あかんと言い続ける。子どもの信号無視を止める。いい人だと思うかもしれないが、彼は決してＰＴＡの人などではない。人間ではないのだ。見た目は完全に人間だが、幽霊だから突然現れて突然消える。そして一番の特徴は、中学生以下の子どもにしか見えないことだ。だから妙な格好をしていても警察に職務質問されることはないし、大人は平気で信号無視をする。

項垂《うなだ》れながらうつむいていると、八時半を告げるチャイムが鳴った。はあ、遅刻か……。

顔を上げると信号は青に変わっており、あかんおじさんもいなくなっている。

横断歩道を渡り始めるが、もう走る気もない。重い足取りで学校に向かう。


ガラララ。

「遅れてすみませーん」

約七分遅れで教室に入る。クラスのみんなは本を読んでいた手を止めて一斉にこちらを向く。うちの学校では、朝礼のあとの十分間、読書の時間が設けられている。

「お、最近はあまり遅刻してへんかったのに久々にやりよったな」

先生が少しニヤニヤしてこちらを見ながら言ってくる。

「タイミング悪く信号に捕まってもうたんですよ」

煽《あお》ってくる先生に多少イラつきながら自分の席に座る。隣の席の親友の冴《さえ》がニヤニヤしながら手を振っている。私はそれに振り返す。

「信号くらい無視したったらええやないか」

先生が一息ついた私に向かって、教師としてあるまじきことを言っている。

「呪われたくないんでね」

「呪い？　ああ、そうか、お前らにはあれが見えてんのか。忘れてた忘れてた。俺もお前らぐらいのときはお世話になってたんやけどな」

先生は大人だからもちろん今は見えていない。

ちなみに、あかんおじさんを無視して横断歩道を渡ると、呪い殺されると言われている。子どもが車に轢《ひ》かれないようにしているのに、それを無視したら殺すって、ちょっとよく分からない気もするけど。まあ誰もビビって渡ろうとしないから、本当のところは分からないのだ。

「赤いトレーナーに赤いズボンと、真っ赤で不気味やったなー、今もそうなんか?」

先生が昔を懐かしむようにしゃべり始めた。

「そうですよ」

どうやら今とまったく同じおじさんのようだ。

「まあお前はそんなことを言い訳にせず早起きせえよ」

クラス中に笑いが起きる。先生にうまい具合にまとめられてしまった。

学校が終わり、靴箱で靴を履き替えていると、後ろから声を掛けられる。

「ちょー、玲子《れいこ》ー、放ってかんといてーなー」

振り返ると、少し息を切らした冴が自分の靴箱から素早く靴を取り出している。

「あれ、今日掃除やったんちゃうん?」

「一瞬で終わらしてきたわ」

「大丈夫? それ? また怒られるんちゃうん」

「まあ大丈夫やろ」

笑って言いながら靴のかかとを直している。

二人で話しながら塾へ向かう。もう部活を引退した私たち受験生は、塾に通い詰めだ。

「あっ、そういえば玲子今日あかんおじさん見たんやんね」

「そうやでー、久々に見てもうた」

「受験前やってのに、大丈夫かいな？　私も三年なってからは絶対信号無視せんようにしてるのに」

「ほんまに、不覚やったよ」

あかんおじさんに関して、いろいろな悪い言い伝えがある。受験前に見たら落ちるとか、試合前に見たら負けるとか、見れば見るほど大人になったら苦労するとか。

「はー、なんかテンション上がらんなー」

「それもあかんおじさんの効果ちゃうの？　まあほんまに玲子は早起きしなきゃやでー。これ以上は本当に入試に響くよ……って、痛っ！」

「ん？」

私は少し前を歩いていたので、振り向くと冴がしゃがんで膝を押さえている。

「いったーい」

「ちょっと大丈夫？」

「靴紐《くつひも》踏んじゃったよー」

「もう、ちゃんと履いときなよ」

「玲子が急《せ》かすからやろ！」

「別に急かしてはなかったやろ。てか転ぶなんて冴のほうが不吉なんじゃないの？」

「それは滑ったときに言うやつでしょ。私は踏んじゃっただけやから大丈夫！」

「ほんまに？　ふふっ」

プーーーーー‼

突然クラクションが鳴り響く。一瞬にして自分から笑顔が消えるのを感じた。車を見ると、運転手が私を睨《にら》んでいる。よく考えたら私は横断歩道の上にいた。とことん自分はバカだと思った。慌てて運転手に会釈をしながら横断歩道を渡りきる。視界の端に映った信号は点滅していた。

（はーー）

長いため息が出る。ほんと今日はダメだな。

「ちょー、玲子！　放ってかんといてって！」

靴紐を結び終えた冴がこちらに走ってこようとしている。

「ちょっと、冴、もう赤なってるで！」

「えっ⁉」

慌てて冴は止まる。しかし、もう一歩車道に足を踏み出してしまっていた。

「あかん……」

（うわ！　聞こえてきた！　ってか近っ！）

車道の向こう側で冴が飛び出してしまったので、私の真横にあかんおじさんは現れた。

おじさんは微動だにせずあかんあかんと言い続けている。

（やば、こんな近くで見たんは初めてや、ちょっと怖いかも……）

しかし、そんな気持ちはすぐに消えてしまった。これまであかんおじさんはあくまで幽霊だと思っていたけど、近くで見たら普通の人間だった。優しそうなおじさんだった。しかし、私の頭にはおじさんの、やけに哀《かな》しそうな顔が残った。

信号が青に変わり、おじさんが消える。それと同時に冴が走ってくる。

「ごめんよ。あんな話したあとなのにあかんおじさん見ることになっちゃった」

相変わらず陽気な冴は、ニコニコしながら謝ってくる。

「別に、大丈夫やで」

「あれ、怒ってる？　もしかしておじさん間近で見たん怖かった？　私は顔を見たことはないから分からんねんけど、めっちゃ怖い顔してるとか？　それならほんまにごめん！」

どうやらぶっきらぼうに答えてしまって、怒っていると勘違いされたようだ。今度は本気で謝ってきている。いつも陽気なぶん、本気のときの冴も分かりやすい。

「いやいや、ほんまに大丈夫やで。怒ってないよ。気にせんといてや」

笑顔を向けると冴も笑顔になる。

「そう？　よかった！」

そうこうしている間に塾に着いた。


「ありがとうございましたー」

扉を開けると、七月とはいってもひんやりした風が吹いている。

「玲子ー、帰ろ！」

冴が後ろから肩を叩《たた》いてくる。

「うん、帰ろっか」

冴とは家が近く親同士も仲がいいので、いつも一緒にいるし、帰るときも一緒だ。

「ところで玲子さ、授業中ずっとボーッとしてたよね、大丈夫？」

だからこういうところもすぐ勘付いてくる。

「んー？　そう思った？　そんなことないでー」

「そう？　ならいいんやけど。あ、まだあかんおじさん間近で見たこと怒ってる？」

「いや、だから怒ってないって。ちょっと勉強続きで疲れてるんかな」

「そうなん？　まあ明日は土曜やし、久々に塾もないからたまにはゆっくりしたら？」

「うん、そうしよっかなー」

気づけばもう冴の家の前だ。

「じゃ、ゆっくり休んでね。バイバイ！」

「うん、ありがと。バイバイ」

本当はずっとあかんおじさんのことを考えていた。冴には本当に一切怒っていなかった。ただ、なぜかあのおじさんの哀しそうな顔が頭から離れないのだ。あかんおじさんのことはずっとただの幽霊だと思っていた。でも、あの人間らしい顔を見てからはそんな風に考えられなくなった。なぜあんな顔をしていたのだろう。

ジーージーー。

蟬《せみ》の声で目が覚める。どうやら例年より遅い梅雨はもう終わったようだ。

時計を見るとちょうど七時。なぜ学校がないときに限って早起きできるんだろう。

階段を下りる。

「あれ、珍しく早いやんか。休みやのに」

お母さんがコーヒーを片手に目を見開いてこちらを見る。本当に驚いているようだ。

「本当に、なんでやろうな。私も驚いているよ」

吐き捨てるように言いながら、私はソファに座る。

「朝ご飯はそこのパンでも食べといてね」

「ん、分かった」

「あ、あとちょっとお願いがあるんやけど、今日いつでもいいからおじいちゃんとおばあちゃんの家にこれ届けてくれへん？」

そう言って母は私に野菜の入った段ボール箱を渡した。

「いつもどおりうちの実家から野菜が届いたから、こっちのおじいちゃんとおばあちゃんのところに届けてあげてね」

「了解ー」

母の実家は宮崎の農家で、よく野菜が届く。いっぱい来るので、父方の祖父母にも分けるのだ。

「じゃ、私はパート行くから、よろしくね」

「うん、行ってらっしゃい」

母は暇を嫌うので、ほとんど毎日パートに出ている。

「じゃ、私も暇やし行こっかな」

パンを食べ終わり段ボール箱を持って家を出る。

はあ、はあ、重い。いつも忙しい母を知っているので、お願いは二つ返事で引き受けたが、正直かなり重い。それに梅雨が明け早速本格的な暑さが始まっている。地獄だ。祖父母の家までは歩いて約十分。まあまあ遠い。着くころには汗だくになっていた。

「おばあちゃーん、野菜持ってきたよー」

両手が塞がっておりインターホンを押せない私は、窓が開いているのを見て叫ぶことにした。

「はーい」

そう言っておばあちゃんが玄関から出てきた。すぐに私を家の中へ招き入れ、リビングのソファに座らせた。クーラーが効いていて快適だ。

「はい、玲ちゃん、重かったでしょー。いつもありがとうねー」

そう言っておばあちゃんは冷えたカルピスを持ってきてくれた。いやー、天国！

「ありがと！　ん？　あれ、おじいちゃんは？」

「山登りに行ったよ」

「山登り⁉　元気やなー」

しばらくおばあちゃんと談笑する。

ふと、おばあちゃんならここの出身だからあかんおじさんのことを知っているのではないかと思った。ちなみにお母さんはここの出身じゃないから、あかんおじさんのことを信じてはいない。

「ねえ、おばあちゃん、あかんおじさんって分かる？」

「あかんおじさん？　あー、あかんおじさんね！　分かるよ、子どものときに見えてたわ。玲ちゃんが知ってるってことは今でも見えてるんやね」

おっ、本当に知っているんだ。

「うん、そうなんだよね」

「あかんおじさんか、懐かしいわねー。でも、おばあちゃんはあかんお兄さんの印象が強いかな」

「あかんお兄さん⁉　何それ⁉　知らないんやけど！」

「そっか、最近は全然変わってないんやったっけね。じゃーあかんお兄さん、いや、あかんおじさんの説明をしてあげるよ」


「おばあちゃんの親が子どもだったときにある事故が起きたんよ。小学四年生の女の子が信号無視して道に飛び出したら、車に轢かれて死んじゃったっていうね。まあよくある交通事故なんやけど、その親が娘のことを溺愛《できあい》してててね。それにシングルファーザーやったもんだから、数日後にあとを追うように自殺しちゃったのよ。それ以来、そのお父さんの霊が信号無視しようとする中学生以下の子の前に現れて、あかんあかんって言い続けてるわけね。でも実はこのあかんおじさんはたまに替わってるのよ。若いお兄さんやったり、おばあちゃんやったり、ちっちゃい女の子やったり。だからそのたびに呼び方が変わってるのよね。私のときも三回くらい替わったわ。ちなみにその替わる基準っていうのが、信号無視して車に轢かれたらあかんおじさんになるって言われてるの。本当かどうかは分からないけど。今は昔に比べていい子が増えたし、どの世代もあかんおじさんを経験してるから、なかなか信号無視する人はいないのよね。だから、全然替わっていないみたいなの。ここ五十年はあのおじさんがずっとやってるって聞いたことがあるわ」

「へえー、そうなんやー」

正直本当にびっくりしていた。あかんおじさんにそんな真相があったなんて。

「玲ちゃんは信号無視なんてしないでね。あかんおじさん、いやあかんお嬢さんになっちゃうよ」

まじめな顔をしておばあちゃんは言ってきた。私はあかんお嬢さんという言葉に少し笑いそうになった。

「しないよ、そんなこと。てか、今は信号無視したら呪い殺されるって言われてるんやで」

「へえー、そうなんや。それじゃ怖くてできないね」

「そう！」

おばあちゃんが少し笑った。それにつられて私も少し笑った。

「じゃ、そろそろ帰るね」

「うん、気をつけて帰ってね」

「分かったよ。バイバイ！」

私はおばあちゃんの家をあとにした。おばあちゃんは手を振って私を見送ってくれた。

帰り道、行きのときに持っていた重い段ボール箱がなくなったので、少しスキップになる。相変わらず日差しは強いが、風が吹いていて心地よい。

「そういえば、あかんおじさんが哀しそうな顔をしていた理由が分かったな。信号無視で死んだあと、五十年もあかんおじさんをやらされ続けてるからだ。自業自得だったんだ」

確かに謎が解けた気がした。それでもなぜかまだ完全にスッキリしてはいなかった。

大きな交差点に着く。信号はちょうど赤になってしまったので立ち止まった。すると後ろから小学校中学年くらいの男の子が二人走ってきて、一人がそのまま横断歩道を渡ろうとした。慌ててもう一人が止める。例のごとく、あかんおじさんが向こうに現れる。

「あかん……あかん……」

さっきの話を聞いたあとだからか、何だかあかんおじさんに愛着が湧く。初めて遠くからおじさんの顔をじっと見た。やはり哀しそうな顔をしている。

「アホ、何やってんねん！　あかんおじさんに呪い殺されんで！」

近いので、子どもたちの話し声が聞こえてくる。

「ちょー止めんなやー。試したいんやんか」

「何をやねん？」

「ほんまに殺されるかどうか」

「やめとけってそんなこと。まず信号無視自体があかんことやねんで」

「なんやお前、まだそんなこと言ってるんかいな。ビビりやなー」

「別にビビっとるわけやないし！　ただ、あかんことをあかんって言ってるだけや！」

「それをビビってるって言うねん。まあ見とけや俺のことを」

「もう知らんからな！　呪われても！」

正直私も本当に信号無視をしたらどうなるかには興味があった。だからその子を止めなかったし、気づかないふりをして横目で見ていた。こんな自分は最低だと思いながらも見ていた。

あかんおじさんの声はだんだん大きくなっている。

男の子は本当に一歩ずつ歩き始めた。そのとき私も横断歩道に向かって走り出した。その男の子を助けるためだ。あかんおじさんからではない。本当に車が右から来ていたのだ。言い争いをしていた男の子はそれに気づいていなかったのだ。男の子の腕を掴《つか》んで抱き寄せながら歩道に連れ戻す。私たちのすれすれのところを車は通っていった。どうやら車の運転手は今のはなかったことにするようだ。私は一息つく。なぜかとても落ち着いているようだ。男の子は私の胸の中で泣きながらお礼と謝罪を繰り返している。私は男の子の頭を撫《な》でながら、

「大丈夫やで。でも気をつけてや、もうこんなことしちゃダメだよ」

と優しく言った。隣に立っている男の子も何度も頭を下げながらありがとうございますと繰り返している。きっと育ちがいいのだろう。

ふと視界の端に妙なものが映り、私はパッと前を向いた。あかんおじさんが無言で目の前に立っていた。私は怖くなり、言葉を発することすらできなかった。ただあかんおじさんの顔を見つめていた。すると、突然いつもの哀しそうな顔が綻《ほころ》び、笑顔になった。そして一言、

「あ……りが……と……う」

と言った。私はえっ？　と、よく分からない声を発した。すると次の瞬間、私の体はおじさんに引っ張られ、横から来たトラックに轢かれた。一瞬で私の世界は真っ暗になった。

意識が戻った。しかし、目の前は真っ暗だった。体はまったく動かせない。まったく状況が分からなかった。私は何が起こったのかを振り返ってみた。男の子を助けたら、あかんおじさんに体を引っ張られ、トラックに轢かれた。思い出せはしたが、まったく意味は分からなかった。どういうこと？　トラックに轢かれたってことはやっぱり死んじゃったの？　じゃーここは死後の世界？　そんなことを考えていると、泣きそうになった。しかし、もう一つあることを思い出した。あの、おじさんのありがとうって言葉は何だったんだ？　って、わっ⁉

一瞬にして視界が明るくなった。目を凝らすと、そこはさっきまでいた交差点だった。どうなってるの？

目の前に信号無視をしようとしている子どもがいる。

「あかん……」

例の言葉が聞こえてきた。いや、違う。これは私の声だ。私が言っている。目の前の子どもが騒いでいる。

「あれ、あかんおじさんやない！　あかんお姉さんや！」

えっ、それって私のこと？　何？　どういうこと？

ふっと視界がまた暗くなる。しばらく考え込み、全てを理解した。

そうか、そうやったんや。正直おばあちゃんの話には違和感があったんだ。信号無視で娘を失った人があかんおじさんになったのに、信号無視をした人にそれを継承させるなんて、おかしいと思った。信号無視をした人を助けた人があかんおじさんになるんだ。それで私はあかんおじさん、いやあかんお姉さんになったんだ。あれ？　あかんお嬢さんっておばあちゃん言ってなかったっけ？　あっ、そっか、私を見てるのは子どもだけやから中三の私はお姉さんなんや。何だかちょっと嬉しいな。なんて、言ってる場合か！　この状況になって、おじさんの哀しそうな顔の意味も分かった。意識はあるのに何もすることができず、ただただあかんあかんと五十年も言い続けていたんだ。そんな地獄あるだろうか。どうしよう？　私の場合は何年になるんだ？

こんなの辛過《つらす》ぎる。

また、視界が明るくなる。いつもの交差点だ。

「あかん」

そう言って、また暗くなる。これの繰り返し。

突然あかんおじさんの笑顔と「ありがとう」の言葉が頭に浮かんだ。そっか、おじさんはこんなことを五十年も頑張ってきたんやもんな。次は私の番ってわけか。なってしまったものはしゃーない。頑張るよ。

そして一ヶ月が経《た》つ。

やばい、もう嫌だ。地獄だ。早く殺してくれ。

もう私は壊れそうだった。

視界が明るくなる。ちょっとそこの君。あかんなんて嘘やから、もう渡ってくれよ。

絶対誰かが助けてくれるから。

ねえ、信号なんて守ったら、あかん。

ハンバーガー店で女子高生が言ってた海の話

人鳥暖炉

一　食事の話

俺の自宅近辺には、夜遅くに食事をとれるような店がほとんどない。唯一深夜まで開いているのは、全国チェーンのハンバーガー店くらいのものだ。だから帰宅の遅い俺は、よくこの店の世話になっている。

食事を頻繁にファストフードで済ませるのは健康によくないと分かってはいるのだが、夜遅くに疲れて帰ってくると、自炊する気も起きないし、手軽に済ませたくなるものなのだ。

今日も、そんないつもと同じ理由で、俺はその店に入った。

時間が遅いこともあって、店内の客はまばらだ。前に一度日曜の昼どきに来たことがあるが、そのときは、これが同じ店かと思うほどに混雑していた。

まあ俺としては、自分がよく利用する時間帯に空いているのは喜ばしいことではある。

レジの上方に貼られたメニュー表を見ると、期間限定で小魚のかき揚げバーガーというのが発売されているようだったので、それを注文することにした。

単純に期間限定商品に弱いというのもあるが、ファストフードで食事を済ませるという罪悪感を、肉ではなく魚を食べることで緩和するためというのが一番の理由だ。同じファストフードでも、魚のほうがなんとなく健康にいいような気がするのである。

そんなのは気休めに過ぎないと、自分でも分かってはいるのだが。

先月までは、もう少し健康的な食生活を送っていた。それが今のようなファストフード三昧になってしまったのは、認めたくはないが離婚が原因だろう。

しかしそれでも、離婚したこと自体に後悔はない。たとえ食生活は不健康でも、精神的にはよほど健康になっている。俺のＱＯＬにおいては、そちらのほうがよほど重要だ。

二　女子高生の話

小魚のかき揚げバーガーとオレンジジュースの載ったトレーを席まで運び、ストローをオレンジジュースに挿したとき、隣から甲高い笑い声が聞こえてきた。ちらりと横目で見ると、二人の女子高生がけらけらと笑いながら話している。仲はよさそうだが、ずいぶんとタイプの違う二人だった。

一人は長いストレートの黒髪で、ぱっと見たところアクセサリーなどもつけておらず、優等生じみた雰囲気がある。

こんな時間にファストフード店にいる時点で優等生ではないと考える者もいるかもしれないが、それはどんな理由でこの時間まで出歩いているかにもよるだろう。教育に熱心な家の子であれば、小学生でさえも夜遅くまで塾に通ったりするものなのだ。そして子どもというのは、ダメと言われても帰りがけに買い食いをしたりファストフード店に入ったりする。小学生でなく高校生ならなおさらだ。

もう一人は対照的に、髪を橙《だいだい》色に近い明るい茶色に染め、爪にも派手な色のネイルアートを施していて、いかにも夜遊びをしていますといった風情である。

ただ、小柄で華奢《きやしや》な体格と二つ結びという髪形のせいか、どうにも子どもっぽく見える。派手好きな女子高生というより、無理に背伸びして派手好きな女子高生を装おうとしている中学生と言われたほうがしっくりくるかもしれない。

実際、この二人が本当に女子高生であるかどうかなど、俺には判断のしようもない。本当は中学生なのかもしれないし、逆に制服コスプレをしている大学生や社会人かもしれないのだ。

まあ、後者の可能性はほとんどないとは思うが。

「でもさー、最近、本当に物騒だよねー。ほら、ちょっと前も、海で人の死体が漁船の網に引っ掛かったらしいじゃん」

「えー、何それ？　知らなーい」

「あんたはさー、もうちょっと世の中のことに興味持ちなよー。ほら、一週間前くらいに見つかったってやつ。二十代くらいの女の人でさ。白いロングスカートで上も白い服着てたせいで、見つけた漁師さんが最初はでかいクラゲか何かだと思ったってあれ」

白いロングスカート……。

その言葉を聞いて、俺は嫌なことを思い出した。

別れた妻が白い服を好んで着ていたのだ。確か、白のロングスカートも持っていたように思う。

離婚して以来、一度も会っていないし、会いたいとも思わない。そういう別れ方をしたのだ。子どもがいなかったのがせめてもの幸いだった。

三　元妻の話

色の白いは七難隠す、という言葉があるが、元妻は確かに色白の美人ではあった。しかし性格のほうには、肌の白さなどでは隠しきれないほどの難があった。

いや、結局俺はその「難」を軽く見た挙げ句、あの女と結婚までしてしまったのだから、あれは隠せていたと捉えるべきなのだろうか。

元妻の性格に難儀な面があることに、交際中に気づいていなかったわけではない。ただ、結婚すれば変わるだろうという甘い見通しを持っていただけだ。

元妻は、積極的に他人の悪口を言ったり、危害を加えたりしようとするような、そういう「性格の悪い」女だったというわけではない。

しかし、ことあるごとに相手――つまり俺――の愛を試そうとする悪癖があった。

メッセージを頻繁に俺のスマートフォンに送ってきて、すぐに返信しないと機嫌を損ねる。

やたらいろいろと二人の記念日を作っては、それを俺にも覚えさせようとする。もし忘れていたら、当然また気を悪くするわけだ。

一番厄介だったのが、俺に他の予定がある日にあえて自分との約束を割り込ませようとすることだった。その日は先約があるからと言おうものなら、自分より大事なものがあるのかと責め立てるのである。

とにかく一事が万事、そんな調子だった。

あばたもえくぼというが、交際中はあの女のそんなところも、むしろかわいらしく思えた。俺のことがそれだけ好きだからこそ、自分も俺に愛されていると確かめずにはいられないのだろう。そんな風に好意的に解釈していた。

だからこそ、早く結婚して安心させてやろうなどと考えてしまったのだ。そうすれば少しは収まるだろうなどと、甘い見通しを立ててしまったのである。

結論から言えば、何かにつけて俺の気持ちを試そうとするあの女の癖は、結婚後もまったく収まることはなかった。

いや、むしろ酷くなったと言っていい。

しまいには、手首を切って自殺する素振りまで見せるようになった。

俺も最初のうちこそ心配していたが、何度も繰り返されるとさすがにうんざりしてくる。

自殺するふりに限った話ではないが、そもそも、相手の気持ちを試そうとすること自体が、相手を信じていないことの裏返しなのだ。それが相手に対して失礼な行動であるとなぜ分からない。

何度も何度も何度も試され、確かめられているうちに、あの女に対する俺の気持ちはどんどんすり減っていった。まるで、味見を繰り返し過ぎて皿に盛る分がなくなった料理みたいに。

まず最初に愛情がなくなった。

それでもしばらくは憐憫《れんびん》の情があったが、それもやがて消えた。

そして最後まで残っていた義務感が消えたとき、俺は離婚を決意した。

離婚届を書かせるのは簡単だった。というより、書かせてすらいない。向こうが勝手に書いたのだ。

元妻は自殺未遂だけでなく、離婚届を書き残して実家に帰るという行動もしばしば取っていた。そうすれば俺が焦って宥《なだ》めにかかり、機嫌を取るというのが分かっていたからだ。

しかし離婚を決意したあとの俺は、それまでとは違う行動を取った。

すでに妻の分の記入が済んでいた離婚届に俺自身の分を記入し、そのまま役所に出してしまったのだ。それと同時に、以前からこっそり借りていたアパートに私物を移した。

家具家電の類はほとんど置いてきたのでそのまま妻のものとなったが、手切れ金と考えれば安いものだ。

こうして、晴れて俺は自由の身となったのである。

正直に言って、我ながらよく三年間も耐えたものだと思う。

四　海の話

今となっては、あの三年間の結婚生活は俺にとって、苦い思い出でしかない。

そうだ、あんな日々のことはもう忘れてしまったほうがいい。俺は過去にではなく、今に生きるのだ。そのためには栄養補給が必要だ。

俺は、それが過去の幻影を振り払うために必要な行為であるかのように、大きく口を開けて小魚のかき揚げバーガーにかぶりついた。

そのとたん、女子高生たちの会話の続きが耳に入ってきた。

「でさー、見つかったとき、その人、水を吸ってもうすごいぶよぶよになってて、しかも手とか足とかさんざん魚に齧《かじ》り取られてて、すごいグロかったらしいよ。指なんてもうほとんど残ってなかったたって」

「ひゃー」

聞き手側の女子高生は裏返った声で驚きを表明しつつも、どこか面白がっている風だったが、俺は思わずむせそうになった。

なんて話を聞かせてくれるのだ。こっちは魚を食べているんだぞ。

いや、俺が食べているのが魚か鶏か牛かなんて、あの女子高生たちが知るはずもないことだが、それにしたって食事の場でするような話ではないだろう。

そんな俺の思いなど知るはずもなく、女子高生二人はその話題を続ける。

「その人さぁ、殺されて海に放り込まれたのかな？」

「さぁー、どうなんだろ？　死んでから一ヶ月くらい経《た》ってたらしいから、死因とかよく分かんなかったみたいだけど。あー、でもリストカットの跡とかけっこうあったらしいから、自殺なんじゃないかって言われてるみたい」

俺はもう一度むせそうになった。

白いロングスカートの女、リストカット跡、それに約一ヶ月前。

……いやいや、まさか。いくらなんでもでき過ぎだろう。たまたまハンバーガー店で女子高生が話していたのが、あの女のことだなんて。そんな偶然があるわけがない。白いロングスカートを持っている女なんていくらでもいるし、その中にはリストカットをやっている奴だっているだろう。

そう思いつつも、俺はポケットからスマートフォンを取り出し、メッセージアプリを立ち上げていた。スマートフォンを握る手のひらがじっとりと汗ばんでいる。

元妻からのメッセージは、別れたあの日に非表示設定にして以来、そのままになっている。

俺は数秒間逡《しゅん》巡《じゅん》した末、設定を非表示から表示へと変更した。そのとたん、大量のメッセージがずらずらと並べられ、俺は思わずスマートフォンを放り投げそうになった。

『別れるなんて、嘘《うそ》だよね』

『私が何度も離婚届なんて書くから、ちょっとおどかそうと思っただけだよね？』

『ねぇ、私、本当は別れるつもりなんてなかったんだよ？　それくらい分かってくれてると思ってた』

『既読が付かない……。もしかして、見てくれてないの？』

『そんなことないよね？　既読付けずに読む方法とかもあるし、そうしてるだけだよね？　私に怒ってるってアピールしたくて、そんなことしてるの？』

『そんなに怒ってるの？』

『どうして何も返事してくれないの？』

『ごめんなさい』

『ねえ、もういいでしょ。私、反省したよ。もう十分反省したから、帰ってきてよ』

『私、毎日二人分のごはん作って待ってるんだよ』

『どうせ一人だと、またファストフードとか、そんなのばかり食べてるんでしょ？　体によくないよ』

『ねえ、まさか本当に、このまま終わりにしちゃうつもりなの？』

『嫌だよ』

『そんなの、嫌だよ』

『ごめんなさい』

『ねえ、いいかげん帰ってきてよ』

『謝るから』

『ごめんなさい』

『ごめんなさいごめんなさいごめんなさいごめんなさいごめんなさいごめんなさいごめんなさいごめんなさいごめんなさいごめんなさいごめんなさい』

『どうして許してくれないの？』

『帰ってきてくれないと、私、死んじゃうから』


その次のメッセージには、自撮り写真が添えられていた。白い服を着ている。ただ、写っているのは上半身だけで、ロングスカートを穿《は》いているかどうかまでは分からない。

『海に来ています』

海と言っても、元妻の背後に写っていたのは、海水浴客が行くビーチなどではない。そこは、自殺の名所として知られる断崖だった。


『来てくれないと、あそこから飛び降ります。きっと来てくれるよね？』

『私、あとちょっとで崖の端だよ。ここで出てきて私を止めたら、すごいかっこいいよ。主人公みたいだよ』

『あれ、もう端に着いちゃった』

『分かった。私が飛び降りたあと、ぎりぎりのところで腕を摑《つか》んでくれるんだね。それで、死ぬな、とか愛してる、とか叫びながら、引き上げてくれるんだよね』

『ロマンチストなんだから』

『じゃあ、私、今から飛び降りるね』

『ちゃんと腕、摑んでくれるよね』

『信じてるから』

それを最後に、以後、メッセージの受信はなかった。

五　魚の話

早鐘のように鳴る心臓の鼓動がうるさくてならない。

落ち着け。

これは、あの女のいつもの手だ。

あいつはいつもいつも、こうやって俺の気持ちを試そうとしてきたじゃないか。その手に何度引っ掛かってきた？

だいたい、あいつが本当にそこまで俺とよりを戻したいと思っているのなら、なぜ向こうから会いにこようとしない？

俺の新しい自宅は教えていないが、職場は知られているのだ。その気になれば、いくらでも押しかけることはできたはずだ。

それなのに、なぜあの女がそうしていないのかと言えば、その答えは簡単だ。

俺の気持ちを試すためには、俺のほうから来させる必要があるからだ。

自分のほうから会いに行ったのでは、まるで俺ではなく自分の気持ちのほうが試されたかのようになってしまう。それが嫌だったのだ。

そうに決まっている。あいつは、そういう女だ。

自分は相手の気持ちをさんざん試してきたくせに、自分の気持ちが試されるのは嫌なのだ。なんたる傲慢。なんたる身勝手。そんな傲慢で身勝手な女が、本当に自ら死んだりするものか。

俺はだんだん、元妻からのメッセージを見てしまった自分自身にも腹が立ってきた。

そもそも、なんで俺はあの女からのメッセージを単に非表示にしたんだ？　受信自体を拒否する設定にしておけば、こんなものを見ずに済んだのに。

いや、今からでも見なかったことにするんだ。もうこれ以上、あの女の茶番に振り回されるのはごめんだ。俺はあいつから、自由になるんだ。

どうせ向こうは、こちらが返事をするつもりがないことを理解して、俺にはさっさと見切りをつけ、次の男を捕まえているのだ。

人の気持ちを試そうとするような上から目線の人間なんて、そんなものだ。

それなのに、こちらだけ気に病まされてたまるものか。

俺はこんなメッセージなど、一切気にせずに生きていく。

俺はそう決意すると、メッセージアプリを閉じてスマートフォン自体もポケットに戻し、半ば握り潰してしまっていた小魚のかき揚げバーガーの残りを無理やり口に押し込んだ。

ふと見ると、隣で話していた女子高生二人組は、いつの間にかいなくなっていた。

まったく、あいつらが食事どきに相応しくない話さえしていなければ、こんな思いをすることもなかったのに。

内心で毒づきながら、魚の身を咀嚼《そしやく》し飲み込もうとする。

そのとき、ガリッ、と小石のような硬いものを嚙《か》む嫌な感触があった。

畜生、本当にとことんついてないな、今日は。

いらだちながら魚に混入していた異物を紙ナプキンの上に吐き出し、その正体を確認しようとする。

それは、見覚えのあるものだった。

俺がかつて、あの女に贈った指輪だ。

本書は、小説投稿サイト「エブリスタ」が主催する短編小説賞「三行から参加できる　超・妄想コンテスト」に投稿され、その後「5分シリーズ」として刊行した作品から、読者の人気投票をもとにベスト版として再構成し文庫化したものです。

本書の内容に関してお気づきの点があれば編集部までお知らせください。
info@kawade.co.jp

5分後《ふんご》に慄《おのの》き極《きわ》まるラスト

二〇二一年四月二〇日　初版印刷
二〇二一年四月三〇日　初版発行

編　者　エブリスタ
発行者　小野寺優
発行所　株式会社河出書房新社
〒一五一－〇〇五一
東京都渋谷区千駄ヶ谷二－三二－二
電話〇三－三四〇四－八六一一（編集）
〇三－三四〇四－一二〇一（営業）
https://www.kawade.co.jp/

ロゴ・表紙デザイン　粟津潔
本文フォーマット　佐々木暁
印刷・製本　中央精版印刷株式会社

Printed in Japan　ISBN978-4-309-41808-7

スイッチを押すとき 他一篇

山田悠介 41434-8

政府が立ち上げた青少年自殺抑制プロジェクト。実験と称し自殺に追い込まれる子供たちを監視員の洋平は救えるのか。逃亡の果てに意外な真実が明らかになる。その他ホラー短篇「魔子」も文庫初収録。

その時までサヨナラ

山田悠介 41541-3

ヒットメーカーが切り拓く感動大作！　列車事故で亡くなった妻が結婚指輪に託した想いとは？　スピンオフ「その後の物語」を収録。誰もが涙した大ベストセラーの決定版。

93番目のキミ

山田悠介 41542-0

心を持つ成長型ロボット「シロ」を購入した也太は、事件に巻き込まれて絶望する姉弟を救えるのか？　シロの健気な気持ちはやがて也太やみんなの心を変えていくのだが……ホラーの鬼才がおくる感動の物語。

僕はロボットごしの君に恋をする

山田悠介 41742-4

近未来、主人公は警備ロボットを遠隔で操作し、想いを寄せる彼女を守ろうとするのだが――本当のラストを描いたスピンオフ初収録！　ミリオンセラー作家が放つ感動の最高傑作が待望の文庫化！

ニホンブンレツ

山田悠介 41767-7

政治的な混乱で東西に分断された日本。生き別れとなった博文と恵実は無事に再会を果たし幸せになれるのか？　鬼才が放つパニック小説の傑作が前日譚と後日譚を加えた完全版でリリース！

メモリーを消すまで

山田悠介 41769-1

全国民に埋め込まれたメモリーチップ。記憶削除の刑を執行する組織の誠は、権力闘争に巻き込まれた子どもたちを守れるのか。緊迫の攻防を描いた近未来サスペンスの傑作に、決着篇を加えた完全版！

神様の値段　戦力外捜査官

似鳥鶏　41353-2

捜査一課の凸凹コンビがふたたび登場！　新興宗教団体がたくらむ“ハルマゲドン”。妹を人質にとられた設楽と海月は、仕組まれ最悪のテロを防ぐことができるか⁉　連ドラ化された人気シリーズ第二弾！

戦力外捜査官　姫デカ・海月千波

似鳥鶏　41248-1

警視庁捜査一課、配属たった２日で戦力外通告⁉　連続放火、女子大学院生殺人、消えた大量の毒ガス兵器……推理だけは超一流のドジっ娘メガネ美少女警部とお守役の設楽刑事の凸凹コンビが難事件に挑む！

ゼロの日に叫ぶ　戦力外捜査官

似鳥鶏　41560-4

都内の暴力団が何者かに殲滅され、偶然居合わせた刑事二人も重傷を負う事件が発生。警視庁の威信をかけた捜査が進む裏で、東京中をパニックに陥れる計画が進められていた——人気シリーズ第三弾、文庫化！

世界が終わる街　戦力外捜査官

似鳥鶏　41561-1

前代未聞のテロを起こし、解散に追い込まれたカルト教団・宇宙神瞠会。教団名を変え穏健派に転じたはずが、一部の信者は〈エデン〉へ行くための聖戦＝同時多発テロを計画していた……人気シリーズ第４弾！

ブルーヘブンを君に

秦建日子　41743-1

ハング・グライダー乗りの蒼太に出会った高校生の冬子はある日、彼がバイト代を貯めて買った自分だけの機体での初フライトに招待される。そして10年後——年月を超え淡い想いが交錯する大人の青春小説。

サイレント・トーキョー

秦建日子　41721-9

恵比寿、渋谷で起きる連続爆弾テロ！　第３のテロを予告する犯人の要求は、首相とのテレビ生対談。繰り返される「これは戦争だ」という言葉。目的は、動機は？　驚愕のクライムサスペンス。映画原作。

野ブタ。をプロデュース

白岩玄　40927-6

舞台は教室。プロデューサーは俺。イジメられっ子は、人気者になれるのか?!　テレビドラマでも話題になった、あの学校青春小説を文庫化。六十八万部の大ベストセラーの第四十一回文藝賞受賞作。

ヒーロー!

白岩玄　41688-5

「大仏マン・ショーでいじめをなくせ!!」学校の平和を守るため、大仏のマスクをかぶったヒーロー好き男子とひねくれ演劇部女子が立ち上がる。正義とは何かを問う痛快学園小説。村田沙耶香さん絶賛!

クリュセの魚

東浩紀　41473-7

少女は孤独に未来を夢見た……亡国の民・日本人の末裔のふたりは、出会った。そして、人類第二の故郷・火星の運命は変わる。壮大な物語世界が立ち上がる、渾身の恋愛小説。

クォンタム・ファミリーズ

東浩紀　41198-9

未来の娘からメールが届いた。ぼくは娘に導かれ、新しい家族が待つ新しい人生に足を踏み入れるのだが……並行世界を行き来する「量子家族」の物語。第二十三回三島由紀夫賞受賞作。

屍者の帝国

伊藤計劃／円城塔　41325-9

屍者化の技術が全世界に拡散した一九世紀末、英国秘密諜報員ジョン・H・ワトソンの冒険がいま始まる。天才・伊藤計劃の未完の絶筆を盟友・円城塔が完成させた超話題作。日本ＳＦ大賞特別賞、星雲賞受賞。

ぴぷる

原田まりる　41774-5

2036年、ＡＩと結婚できる法律が施行。性交渉機能を持つ美少女ＡＩ、憧れの女性、気になるコミュ障女子のはざまで「なぜ人を好きになるのか」という命題に挑む哲学的ＳＦコメディ!